看海的人

［日本］小林泰三——著

Yasumi Kobayashi　海を見る人

丁丁虫——译

译林出版社

图书在版编目（CIP）数据

看海的人 / （日）小林泰三著；丁丁虫译．—南京：译林出版社，2023.10
（译林幻系列）
ISBN 978-7-5447-9881-5

Ⅰ．①看…　Ⅱ．①小…　②丁…　Ⅲ．①短篇小说 - 小说集 - 日本 - 现代　Ⅳ．①I313.45

中国国家版本馆 CIP 数据核字（2023）第 159856 号

著作权合同登记号　图字：10-2021-207 号

看海的人　［日本］小林泰三 / 著　丁丁虫 / 译

责任编辑　竺文治
特约编辑　张紫毫
封面插画　HY何
装帧设计　@broussaille私制
校　　对　梅　娟
责任印制　闻媛媛

原文出版　早川书房，2005
出版发行　译林出版社
地　　址　南京市湖南路 1 号 A 楼
邮　　箱　yilin@yilin.com
网　　址　www.yilin.com
市场热线　025-86633278
排　　版　南京展望文化发展有限公司
印　　刷　南京新世纪联盟印务有限公司
开　　本　850 毫米 ×1168 毫米　1/32
印　　张　10.375
插　　页　4
版　　次　2023 年 10 月第 1 版
印　　次　2023 年 10 月第 1 次印刷
书　　号　ISBN 978-7-5447-9881-5
定　　价　59.00 元

目录

我不太喜欢历史。

以前人做过什么，知道了又能怎么样？

但其实，我是希望它更有趣一点。

历史当中不应该充满了奇妙的故事吗？

△

人类无法正确、完整地理解历史。

在试图理解的时候，世界的每个角落都在上演新的事件。

所有事件全都有机地结合在一起，相互作用着。

要将它们一个不漏地考虑在内，根本做不到。

连这一刹那都是如此，更不用说历史长河中发生的事情。

但即使如此，历史还是可以学习的。

在人类被赋予的有限的智慧范围内，理解历史有两种方法：

一种是作为有趣的故事去理解；

另一种是作为引导自我的科学去理解。

科学适合现在的你。

以史为鉴，思考将来该做的事。

△

○

我当然知道科学的重要。

但是，我现在想听故事。

听些不可思议的故事。

○

哎呀，拗不过你。

那我就讲个故事吧。

讲个你最喜欢的故事。

奇妙世界居民的故事。

被迫流浪者们的故事。

○

沙漏中的凸镜

“大家小心！风力变强了！”少年大声呼喊。

所有人都紧张起来。

一行人周围飘浮着直径大约 1 厘米的小石块，每颗石块之间大约都有 10 厘米的距离。当然，这些石块不可能悬在半空静止不动，它们都受到重力的影响，正一点点落向地面。不过因为微风的搅动，重力的影响表现得不太明显。

有一百多人裹着各种颜色的袍子，和羊群混杂在一起，组成了一支长长的队伍。队伍最前面是一个稚气未脱的 13 岁少年。少年的任务是观测前方道路上的风力变化，也就是时刻监视石块群的动静。

一开始，少年看到前方大约 1 千米处的石块群有点奇怪的动静，他还以为是眼睛的错觉。在那么远的地方，石块群看上去就像淡淡的烟雾一样，被风力搅得左右晃动。但是，几秒钟过后，少年便清楚地意识到那绝不是错觉。

一股青黑色的龙卷风出现在眼前，背后是须弥山耸立的绿色断崖。目测龙卷风的风速约为每秒 10 米。放在平原上，这点风当然算不了什么，顶多把沙尘吹进眼睛。但在昆仑山顶，这种风可不是小事。因为在这儿，它能卷起来的可不仅仅是尘土。

无数大小不一的石块都在随风运动——如果只有一两颗也就罢了，不会造成什么损害，可如果成千上万的石块都随风砸过来，那无疑是致命的。

“所有人集合！把儿童和羊围在中间！准备盾牌抵挡石块！”少年一边喊，一边举起自己的盾牌奔跑。

所有人都迅速行动起来，但是还未凑拢成密集队形，龙卷风已席卷而来。刹那之间，耳边响起震耳欲聋的声音，就像是有什么东西爆炸了一样。每秒钟都有数以百计的石块撞在男人们的盾牌上。刹那间，人群的尖叫和羊群的悲鸣在昆仑山上响起。

少年大声叫喊，试图让大家俯下身子把盾牌盖在身上，但是那点微弱的声音被巨大的爆炸声彻底掩盖，连少年自己都听不到。

万幸的是，没有人员在龙卷风的袭击中丧生。但是，1 000头羊死了一半，剩下的羊当中也有100头失去了活动能力，还有150头虽然可以行走，但是受伤比较严重，估计走不出低重力区了。也就是说，整个部族的财产一下子只剩了四分之一。

按照经验来说，假如不需要保护羊群，只要保证人的安全，那只需要背对风往回跑，就可以减弱石块的撞击。但是一开始人们想连羊群一起保护，只是后来风力越来越强，人们越来越受不了石块的撞击，到最后只能弃羊逃跑。跑不快的小孩都由大人背着。回想起来，当时其实也可以背着羊跑，但是事发突然，没几个人想到这个办法。而且虽然这里的重力很小，但是一个人最多也只能背两头羊。就算所有人都想到了背羊的办法，也只不过是杯水车薪而已。

“族长，现在你打算怎么办？”一个穿黑袍的高个男人朝穿白袍的少年怒吼道，“眼下的局面显然是你的判断失误造成的！你也太小看昆仑山上的风了吧！”

全体族人都集中在巨大的帐篷里。帐篷中央裸露的地面上，男人和少年在对峙。男人挺胸站立，而与之形成鲜明对比的是，少年抱着膝盖垂头看着地面。部族里的其他人都站在周围，把两个人围在了中间。帐篷用木头和皮革加固过，但是内部见不到一根支柱。

“我们本来应该建造一批‘船鱼车’把羊全都装进去，那样的话，损失就不会像现在这么大了！”高个男人与其说是在对少年说话，不如说是在对周围的听众说话。

“科学主任，展开船鱼车的帆需要好几分钟，没办法应对这种突发事件。”被喊作族长的少年终于抬起头小声说，“如果我们为了防备突发事件，始终保持帆展开，就会因为空气阻力过大而不能移动。退一万步说，就算能动，风里夹带的石块也会在帆上穿出洞。不管怎么说，这场灾难无法避免……当然，我也知道，如果能够预先掌握昆仑山的气象变化，也不是不能避开龙卷风的袭击。但你如果想以这个理由赶我下台，自己来做族长，那你首先要证明你比我更善于处理这种事态。换句话说，你必须证明你能在灾难发生之前预测到龙卷风的袭击。你能证明吗？”

这恐怕是证明不了的。即使科学主任能够证明自己事先预测到了，那么紧接着的问题就是：为什么不把这一点告知族长？

少年瞥了一眼观众们。围观的人密密麻麻，后排的人完全被前面挡住，必须跳到半空才能看到中间的两个人。好在昆仑山顶的重力很小，即使足尖轻轻一点也能跳上好几米高。飞起来的人身上的袍子在空中飘扬，慢慢向地面落回去。大家脸上并没有愤怒或是绝望的表情，都显得很好奇。两人争论的结果已经成为众人兴趣的焦点。年轻的族长究竟能不能守住自己的地位，科学主任那个老奸巨猾的野心家会不会成为新的族长？

“真会找理由。”科学主任对少年的反击无可奈何，只得恨恨地说，“确实，把这次事件的责任全算在你身上，道理上说不过去，所以这一次就算了。但是，现在部族面临很严重的问题。怎么摆脱眼前的困境，我就等着见识你的本事了。”科学主任说完，迅速转过身，用脚尖轻轻地在地上一点，向观众围成的圈子外面跳去。

人群一下子嘈杂起来，大家纷纷发表自己的意见。这时候，少年突然喊道：“等一下，科学主任！”听到族长的声音，人群又安静下来。

“什么事？”科学主任的脸上露出嘲讽的笑容，“到底还是觉得担子太重了吧？”

“当然不是。我只是想问问，对于目前的局面，你有什么好的对策吗？如果有的话，我倒确实想听一听。”

观众围成的圈子打开了一个口子，外面站着那个转过半边脸的高个男人。

“当然，当然。”科学主任回答说，“族员本来就有义务向族长表明自己的看法。对于目前的局面，如果是我的话，会立刻带领全族人员返回到平原去。把所有无法活动的羊都杀掉，用羊肉去和其他的游牧民交换活羊和物资。这样做虽然损失很大，但没有更好的办法。再忍耐两三年，羊的数目就会增加的。”

“科学主任，你的意见我知道了。谢谢。”穿白袍的少年族长再一次把头埋在了两膝之间。

科学主任慢慢走出了帐篷，脸上又一次浮现出嘲讽的笑容。围观的人们看见一场好戏居然就这样落幕了，不禁大失所望，于是陆续散开了。

最后，帐篷里只剩下少年和一个身穿殷红长袍的女人。

“这样好吗？”女人像是在空中飘着一般，来到族长身边。

“你想说什么，外交主任？”族长猛地站起身，但是起来的势头太猛，身体一下子脱离了地面。族长因为这个突如其来的状况慌了手脚，身体在空中翻转过来，头朝下撞上了地面。

“唉，实在不习惯这样的低重力啊……”族长难为情地揉着脑袋撞到的地方。

“在低重力区已经旅行了一年多，还没习惯？”

“最近这些日子特别不习惯。一阵微风就能把石头吹起来这种事，也是半年前才开始出现的。而且，虽然这里的动植物和平原地区基本上是相同的种类，但是……”

“昆仑山这里的‘生存者’也和平原上一样呀。”

“你是说那种四肢退化、长出蝙蝠一样翼手的狼吗？还有那种飘浮在半空中的植物，长满叶子，分不出哪儿是根哪儿是枝，还会捕食动物……”

“那些都是为了适应环境变化而产生的变异。我想昆仑山的生物本质上还是平原生物的分支。”年轻女人在半空中摆出盘腿而坐的造型。

“这么说的话，人类会不会也慢慢适应这边的环境？”少年不禁注视着女人缓缓飘落的身影，火一样殷红的袍子在空中飞舞。

“当然，人类也会适应的。但未必需要产生遗传基因层面的变化。”整整用了4秒钟时间，红衣女人才落回到地上，然后又弹了起来。

“什么意思？”

“不明白？科学主任一下就能理解吧。”

“别在我面前提那个家伙。”族长有些不高兴。

“不能不提哟。我刚刚就想说了，在这种时候还要抱着族长的位子不放，不见得是上策。”

“你是让我把族长的位子让给那个家伙？”少年气鼓鼓地说。他倒立着，脑袋顶着地面。这里是昆仑山的低重力区，保持这种古怪的姿势也不太难受。

“这条路其实不错。”

“那就对不起了，我决不会在那种人手下做事的。”

“可是，照目前的情况看，我们正面临着部族建立以来前所未有的严峻局面。在这样的形势下，不管谁做族长，最终都会失败，所以我很不理解你和科学主任为什么要争这个烫手山芋。如果现在把族长的位置让给科学主任，你就可以把所有的麻烦一股脑儿都推给他。就算他能带领族人顺利通过昆仑山，可后面还有混沌谷和须弥山，肯定会遇上难以预料的事情。到那个时候，责任肯定是由他来承担，他的参政权就会被剥夺，下半辈子都只能从事第三等级的工作。”

“真要发展成那样，他肯定会下台。可是，他下台之后呢？谁来做新的族长？”

“到时候就要看情况而定了。不出太大意外的话，安保主任最合适。”

“不是他的话，下一个人选就是你了。”族长伸手抓住地面，慢慢地把脚放下来，变成了拱桥的姿势。他觉得一直倒立着和红衣女人说话有点不够严肃，想把身子正过来。

“这个可能性也不是没有。不过，就算大家真选我，我也会拒绝的。”

“为什么？难道你没有野心？”

“野心当然人人都有，但是我的野心不在这儿。我想要的不是当上族长，而是更加美妙的命运。”

“哦？没想到你是个浪漫主义者。不过，要是你不感兴趣，我就更不能放弃族长的位子了。”少年试图直立起来的努力失败了，身子又开始转起来。

“为什么呢？要知道，如果你在位的时候把事情搞砸了，那你就会失去参政权，再也不可能重新当上族长了。如果你现在把族长的位子让出来，说不定以后还有机会。”

“也许吧，但也可能永远都不会有机会了。现在把族长的位子让给他，还不如我自己失败呢。因为从他刚刚讲的话看，那家伙根本不想穿越混沌谷，也就是说，他打算留在‘类圆筒世界’里。果真这样的话，就没有让他下台的理由了。”

“全体族人绝不可能同意这个计划。从我们部族诞生之日开始，穿越混沌谷、进入‘椭圆体世界’，就已经是不可违抗的规定了。”

“是的，这个规定非常重要，至少对我来说是这样。虽然不知道为什么这么做，但据说是为了从‘造物者’和‘守护者’手里解放包括人类在内的所有生存者而必须去做的事。这是至善之举，为了拯救全人类，由一小部分人去冒险也是可以理解的。只要自己不是这一小部分人就行了。”

“你到底想说什么？难道全体族员会……”

“情况肯定会变成那样。”少年的旋转终于停了下来，却又回到了头下脚上的状态，“只要他这么说，大家都会同意。”

“不管怎么说，大家是不可能背叛全人类的。毕竟到今天已经有几十代人为此努力了。”

“那家伙当然不会说自己要中止计划。他只会这么说：‘穿越混沌谷确实非常重要，但是，有必要马上穿越吗？如果用一两代人的时间做准备，成功的可能性是不是会更大呢？’”

“大家不会被这种花言巧语欺骗的。”

“他当然不会这么直截了当地说。但是，如果用词巧妙一点，再挑选最恰当的时间、地点，把这种想法一点一点地灌输给大家呢？说不定人们就会以为这个想法是从自己头脑里产生的，根本意识不到是他的诡计。”

“你想得太多了。”外交主任叹了一口气。

“我也希望是想多了。”族长沉默了。

“好吧，我明白了。”红衣女人放弃了，“我不会再劝你了，虽然我还是不认同你执着于族长之位。不过，在你带领族人继续前进之前，请无论如何等我半年……我刚刚从安保主任那里得到消息，负责监视西面状况的侦察员发现了其他部族，而且好像不是游牧民。你知道这意味着什么吧？”

“这就是说，在类圆筒世界中，无论哪里都有人类居住——即使是在昆仑山顶。”

“这是当然的，不过我要说的不是这个。我想说的是，如果他们能在这里生活，那他们肯定已经适应了这种低重力状态。”

少年的眼睛一亮。

“是的。”外交主任轻轻点头，“从这里继续南下，重力会越来越小，飘浮的石头也会越来越大。要是如传言所说，混沌谷里飘的都是直径 10 米以上的岩石，还像现在这样去穿越的话，没有一个人能活着出来。”

“但是，他们已经适应了那里的环境……”

“调查一下他们，说不定就能知道穿越混沌谷的方法。所以，无论如何请等我半年吧。”

“明白了。但是我只能等你三个月，不能再长了。科学主任一直盼着我犯错，他不会老老实实地等。如果我拿不出什么有说服力的理由，恐怕大家都会被他煽动。”

“好吧，我尽力。”女人纵身跳起，向直径 30 米的半球状帐篷的天窗飘去。只要习惯了，就会觉得天窗比地上的出入口方便。

红色的长袍在空中飞舞。少年意识到自己正盯着空中的女人，两颊不禁变得通红。

在少年出生之前，旅行就已经开始了。少年所在部族的族人都是如此，他们是游牧民。传说很久很久以前，在生存者诞生的那颗行星上，他们的祖先只会在一定的区域内放牧。而在这里，他们要纵贯类圆筒世界抵达昆仑山，然后穿越混沌谷，再翻过须弥山，前往椭圆体世界的北极。

在最久远的记忆里，少年记得自己曾经趴在祖父的背上眺望天空。在他头顶的正上方，有一条南北方向的“光柱”笔直贯穿了整个天空。光柱熠熠生辉的时候就是白天，光柱暗淡无光的时候就是夜晚。除了光柱之外，可以看见的天体就只有椭圆体世界和脚下的类圆筒世界了。

类圆筒世界就是一个环绕着光柱的圆筒，生存者们都居住在它的内侧表面上。因此，每当抬头去看天空的时候，不管朝哪个方向看，应该都能看到类圆筒世界的一部分。白天，透过蓝色的天空，隐约可以看见对面白茫茫的大地。不过在少年的眼里，白天的空中只映出些鱼骨般的树影，到了夜晚，深蓝与暗绿组成的巨大画卷才显现出来。

那边同样也有海洋、大陆、河流、山峦、沙漠。它们形状各异，有的像人，有的像动物，有的像其他东西。部族里的人们按照形状给它们起了名字，诸如“大熊大陆”“蝎海”“海蛇河”“哥斯拉山”“伊塔卡[1]雪原”等，有些是用神话传说中的生物命名的。人们还会用这些地方的气象状况来进行占卜。少年在懂事以前，一直都以为那些地形是画在天上的。当听说那些地方实际存在的时候，他心中震惊无比。

另外，在类圆筒世界里，无论哪个方向都没有地平线。

大地向东西方向延伸的同时逐渐抬高，最后和天空交汇在一起。

正北方，大地几乎是水平的，但是越远的地方越模糊，一个漆黑的大圆盘占据了整个北方的天空，下端刚好和人的视线平齐，看得人心里发怵。祖父说，那个黑色圆盘就是“终点”，所谓“终点”并不是说那里有一个叫“终点”的东西，而是说那里什么都没有。这让少年更糊涂了。

而在遥远的南方，可以看见昆仑山。祖父说那是一座 5 000 千米高的巨大山脉，在昆仑山顶看到的景象比在山脚下透过厚厚的大气层看到的更加清楚，因为那里的光线

1　伊塔卡：克苏鲁神话中出没于北极圈附近的巨人。

是从近乎真空的空间中照射过来的。在昆仑山顶，正南方的地面比其他方向的高，比人眼的高度高了大约6度。昆仑山的棱线从正南方向左右两边延伸，起初是一条平缓的曲线，然后越来越陡，在偏离正南方大约15度的地方就几乎与地面垂直了。棱线从垂直的地方开始向内翻转，随着左右两边棱线的再次上升，它们逐渐向正南方延伸，并最终在比出发点高出约15度的地方再度汇合到一起。也就是说，昆仑山的棱线在南边的天空中画出了一个横30度、纵15度的巨大椭圆。不过，椭圆上半边的顶头被椭圆体世界遮住了，所以看不见。

椭圆体世界正如它名字所言，是个镶嵌在昆仑山所构成的椭圆里的椭圆体。虽然椭圆体世界不是严格意义上的椭圆，不过人人都这么称呼它。椭圆体世界与昆仑山相接的部分被称作“须弥山”。至于为什么称之为“山”，少年因为年纪太小，理解起来很困难。昆仑山也好，椭圆体世界也好，它们都和类圆筒世界的平原部分一样，有着各种各样的地形。然而奇异的是，昆仑山一直到半山腰都是海洋，海面居然和山的斜面保持着同样的斜度。水平面怎么会和斜面保持一致？少年曾经问过祖父。祖父笑着说：“因为支配世界的力量不止一个。”

“这是个很好的问题。类圆筒世界是圆筒内侧的世界，椭圆体世界则是椭圆体外侧的世界。在椭圆体世界，生存者都生活在外侧表面。”

“但这很奇怪啊。在外侧表面的话，不是会掉出去吗？”

“离中心越远，向外的力就越大；离中心越近，向内的力就越大。类圆筒世界受向外的力支配，而椭圆体世界受向内的力支配。”

“那么，昆仑山和须弥山呢？”

“昆仑山和须弥山分别是类圆筒世界和椭圆体世界的最高点。不管从哪一边开始攀登，只要离顶点越来越近，原先世界的力就会越来越弱，而另一个世界的力则会越来越强。所以，在位于两个世界交界处的混沌谷，两种力量相互抵消，天地便会逆转。你能想象出那个景象吗？”

“嗯……”

“哈哈哈，想不出也没关系。其实我也想象不出。”少年族长的祖父和蔼地笑起来，“你说说看，光柱是从哪里产生的？又是在哪里消失的？”

“光柱是在椭圆体世界上方不远的位置产生的，它的另一端在‘终点’里。”

“光柱是从椭圆体世界的北极发出来的。”

“北极？类圆筒世界里没有北极啊。”

“是的。类圆筒世界里没有北极，但有赤道。混沌谷所在的地方就是赤道。”

“那么，赤道是两个世界共有的？”

“对，你真是个聪明的孩子。回到光柱的问题上来，我们的科学家们认为，光柱不是由物质构成的，但它却是两个世界的能量来源。它的能量供给每天都会有周期性变化，而每一年也会有一个更大范围的周期性变化。除此之外，这个光柱的存在，确保了整个世界不会发生物理上的崩溃。显然，普通的物质不可能具备这样的功能，至少以造物者的科学技术做不到这一点。”

“不是由物质构成，那是由什么构成的呢？”

“不知道，大概是某种力场之类的东西吧。不过我们很快就会知道了——再过几十年就知道了。”

“为什么再过几十年就会知道呢？”

“当然会知道，因为我们部族就是为了这个目的——为了找出光柱的秘密，才会一直不停地旅行啊。”

“情况不妙。”穿着绿袍的产业主任苦着脸报告说，

“我们一直待在这里的话，今年一头正常的小羊都生不出来。”

独自躲在帐篷一角、沉浸在幼年时光回忆里的少年，一瞬间被拉回到现实当中。

“怎么回事？”年轻族长的脸色变了，“不是说低重力对羊的生产不会有很大影响吗？”

“不是低重力的问题，而是我们的羊和这里的野生种群交配了。很多野生羊趁看守不注意，偷偷和我们的羊交配。”

“怎么会发生这种事情？”少年试着像前些时候看到的外交主任那样在空中盘腿坐下来，“不过这也不是什么大问题吧。我们本来不就希望养的羊能和野生种群交配吗？正好由此引入新的遗传基因，产下的后代对环境的适应力也会增强啊。”

“可是，事情和我们想的完全不一样。和我们的羊进行交配的都是被称作‘蝙蝠羊’的野生种群。”

族长在下落的途中慌忙想要站起来，结果使自己的身体朝别的方向射了出去。

低重力环境下，步行变得很困难，尤其是跑起来的时候，一下子就会飞到半空。弄不好就会有几十秒飘在空中无法控制身体，到几百米外才能落地。人类相对还比较容易适应，而羊永远只会焦虑地挣扎，所以族员大部分的工作就是忙着每天把飘散在空中的羊想办法抓回来。因此，部族在低重力地区的前进速度只有平原地区的十分之一左右。

在这样的环境里，哺乳动物自然大都进化出了翅膀，也有一些种群进化出尖锐的爪子，行走的时候可以牢牢抓住地面，不过那些算是例外中的例外。

蝙蝠羊是适应了昆仑山顶低重力环境的一种羊。这种羊的后肢退化，前肢演变成蝙蝠一样的翅膀，可以展开成皮膜，在空中飞行。

“它们能和普通的羊交配成功吗？”族长焦急地问。

这又是个未曾想到的问题。说不定正像外交主任说的，把族长的位置让出去是个明智的选择。

“按照科学主任的看法，恐怕是能的。”

糟糕，太糟糕了。生下的小羊应该会继承父母双方的特性，可是继承了蝙蝠羊特性的羊只能生存在低重力环境下，在通常的重力环境下怎么可能生存下去呢？

少年的脑海中想象着这样一幅场景：一群怪异的羊拼命拍动着皮膜，在草地上匍匐前进，皮膜和身子总是被草地上随处可见的石头划破，弄得浑身血迹斑斑。

而且最糟糕的是，科学主任在全体族员面前说过要返回平原。如果不能把羊群一起带入椭圆体世界，可以说远征计划就失败了。科学主任很可能会说，要是按照他当初的提议，马上返回平原，就不会发生这样的情况。如果大家认同这种说法，那少年的族长身份就会被剥夺，科学主任就会成为新一任族长了。

“无论如何，先把羊群集中到一个地方！”

“我们已经集中过了，但是一集中就又散开了。”

“那么就赶到帐篷里来。”

“这里？那草料怎么办？”

“所有人都去割草喂羊。反正都是浮游草，也不费什么工夫。”

“嘴上说说倒是很简单，可大家会同意吗？”

“不同意也得同意。公羊和受了伤、带不出低重力区的母羊不用赶到帐篷里来，所以实际上要赶进来的数量不会很多。总之，坚持到羊的发情期结束吧。”

两年半之前，少年还不是族长。不仅如此，他连成人的准备都还没做好。那时候的他只不过是个看着天空发出惊叹的小孩子罢了。

那时候，随着部族不断往南方前进，椭圆体世界看起来也越来越大。少年一直觉得昆仑山也应该变高才对，可是它的高度却几乎没变。于是一天傍晚，少年向祖父诉说了自己的疑惑与失望。

“你觉得越靠近物体，物体看上去就应该越大，这是正确的。”祖父回答说，“现在我们看到的椭圆体世界就是这样。它已经变得非常非常高了，还差20度就到天顶了。”

“但是，昆仑山的高度只比我们眼睛的高度高出8度而已啊。”

“哈哈哈，当然是这样啊。不管多高的山，攀登的时候都会变低的。明白了吧？我们已经开始攀登昆仑山了。”

“可是这也很奇怪呀，道路根本不像向上攀登的样子。”少年仍旧满脑袋的疑问。

他们一行人穿越草原、沙漠和海洋的时候，常常会和其他游牧民族、定居民族——让人吃惊的是，居然还有建造了城市的民族——进行交流。但是一路上都很平稳，少年不记得自己什么时候走过陡峭的山路。

“你注意到北方有山出现了吗？”祖父突然改变了

话题。

“嗯，注意到了，是比昆仑山还要高的山。”

“那不是真的山，而是我们曾经走过的平原。”祖父的话颠覆了少年以自我为中心的世界观。

平原也好，高山也好，只要观察者所处的位置变了，它们之间很容易发生转换。世界上各个地方都有自己的水平基准，即使是在平坦的平原上，如果把水平基准倾斜过来，平原就相对变成了斜面；相反，高山也不永远是高山。从生活在平原上的人看来，我们在攀登倾斜了大约12度的昆仑山；但是在我们自己看来，几千千米高的昆仑山，从山脚到山顶，都是平坦的道路。

那时候的少年理解不了祖父的意思，脸上满是困惑。

祖父看着少年，眯起眼睛笑了起来。

那天晚上，祖父过世了。

一般情况下，族长的职务都是世袭的，只有在没有继承者或者全体族员认为继承者不合格的时候，才会从与老族长没有血缘关系的人当中选择新一任族长。当然，族长自己也可以事先指定非亲属作为继承人。采用这种制度的目的，是为了尽可能排除无意义的权力斗争，当然，族长的权力也受到各种制约。

少年的父母在他幼年时就过世了，所以按顺序来排，少年就应该是下一任的族长。但是，祖父去世得有点太早了。那一年，少年才刚满 11 岁。

通常来说，如果继承者过于年幼，族长都会事先指定其他人作为下任族长，而这回情况非常特殊。

部族里的头面人物聚在一起召开紧急会议。

有人认为，这一次应该视为一个特例，从有资格的人里选举出一个新的族长。也有人认为，应该趁这个机会废除族长制，转而实行由全体主任决策的合议制。

第一项提案被驳回了。因为以族长孙子的年龄为由，判断他无法继承族长之位，这是不公平的。而且一旦有了这样的先例，之后便很容易滋生权力斗争。

第二项提案同样未被采纳。现在的族长制度下，部族的决策本来就是由主任们共同完成的，族长的存在是为了在遇到紧急情况的时候能迅速做出判断，所以改为合议制并无意义。

最终，由于没有替代方案，少年便接任了族长。

自那时起过了两年，少年才开始真正承担族长的工作与责任。

深夜里，少年一个人偷偷从帐篷里溜了出来。

大部分母羊都已经怀孕，可是生下来的到底是什么，平原羊还是蝙蝠羊？没有人知道。

少年重重地叹了一口气，抬头望向类圆筒世界的平原。平原现在已经变成了30度高的山脉，而且即使不回头，他也可以看见椭圆体世界的一部分。椭圆体世界已经大到无法看见全貌了，现在只能看见须弥山的断崖，它从南面的天空开始，越过少年的头顶，一直延伸到北面的天空。

伸展出的断崖上有模型般的平原、海洋、山峦和沙漠。当然，既然类圆筒世界的地形会出现在天空中，那椭圆体世界能看到这些也不奇怪。不过，类圆筒世界看到的是两万多千米外模糊的世界，就像贴在天上的一幅画。而在这里，天上的景物就在100多千米外，所以看上去是个倒挂在天上的世界，真实得让人担心它掉下来。当然，人影是看不到的，不过可以从浮云与流水的间隙中清楚地感觉到人类生活的气息。

少年的视线转向了南面。昆仑山的地面从自己的脚下开始，逐渐和须弥山的断崖交汇到一起，交汇处笼罩在朦胧的烟雾当中，那里就是部族将要面对的混沌谷。混沌谷应该在水平面上延伸，不过现在被须弥山挡住了，看不见混沌谷的两端。

须弥山是椭圆体世界的冰山一角，浮现于类圆筒世界之前。它的轮廓线隐约泛着蓝光，是类圆筒世界里没有的地平线。

“在想什么呢？”一个声音在少年身后响起，让他一下子开心起来。

她从其他部族那儿回来了！

族长回过头，眼前正是披着殷红长袍的外交主任，而她的身边还站着一个衣着异样、手脚修长的男人。男人的皮肤是蓝色的，和少年的红色截然不同。他的衣服只遮住躯干，脸和手脚都裸露在外面，手臂上缠着一圈圈金属锁链。

少年一下子不知道应该做出什么反应。他看到外交主任满脸是笑，于是也向异族人露出了笑脸。

人与人之间基本都以笑脸作为表示友好的信号，不过这首先得假定对方是人类。

族长的反应看来是正确的，对方也回以笑脸。不过下一个问题接踵而来：双方的笑脸到底要持续到什么时候？难道一直面对面这么傻笑着？

“族长，请容许我为您介绍，”年轻的外交主任笑着说，“这一位是‘无恙迎送民’的‘喜悦迎宾士’。”

族长不知所措的时候，外交主任和喜悦迎宾士用异族的语言说了些什么。

“喜悦迎宾士说，他对我们部族的领袖这么年轻而感到十分惊讶。”

“我有满肚子的问题要问。”族长疑惑地打量着喜悦迎宾士，小声问外交主任，“首先，你为什么对我用敬语？”好不容易再次见面，说起话来却变得这么陌生，两人之间的距离好像比之前远了不少。

“因为他是无恙迎送民的正式使节，说话不能太随便。你是我们部族的代表，不威严一点可不行。”外交主任淘气地向少年眨了眨眼。

“好吧……‘无恙迎送民’是他们部族的名称吧，可是所谓的‘喜悦迎宾士’是什么呢？是相当于外交主任的一种职务，还是一种称号？或者是这个人的名字？”

“‘喜悦迎宾士’是这个人唯一的称呼。职务也好，人名也好，在无恙迎送民看来，这些都没有区别。”

就这样，女人回答了少年一个又一个的问题。

无恙迎送民的人口在昆仑山和须弥山都有分布，合计超过一万人。世界上许多部族都背负着自己的使命——从类圆筒世界进入椭圆体世界，或是从一个世界的北端前往南端，等等。为了实现这些使命，他们必须穿越混沌谷。而无恙迎送民的使命就是帮助这些部族安然无恙地穿越混沌谷。正因如此，无恙迎送民都精通许多部族的语言。虽然少年的部族只通晓两三种异族语言，不过其中一种与无恙迎送民主要使用的语言在语法和词汇上比较接近，所以基本能够交流。无恙迎送民可以帮助少年的部族安全到达须弥山，作为交换，需要向他们提供新的文化和遗传基因。另外，也可以用那些受伤的羊与他们的羊交换。其中完全不能动的羊当然只能吃掉，而那些在低重力区还能活动的羊，对于定居在昆仑山和须弥山的他们来说完全不是问题。而且这么一来还能为他们的羊群引入新的遗传基因，也恰好是他们所希望的。至于交换比例，计划是1：5。

“等一下，他们的羊是不是蝙蝠羊？”

“蝙蝠羊？是说那种前肢变成翅膀、后肢退化的种类吗？不是那个。无恙迎送民养的羊和平原上的品种差不多，不过它们的前肢和后肢之间长着皮膜，无恙迎送民把它们叫作‘鼯羊’。皮膜可以用来在低重力区滑翔，如果到了高重力区，可以把皮膜直接切除。而且鼯羊也可以和平原羊交配。当然，为了让这些鼯羊适应高重力区，有必要慢慢前进，不能一下就进入……你为什么这么关心蝙蝠羊的问题？”

少年把情况告诉了外交主任。部族的母羊有很多都和野生蝙蝠羊交配了，生下的小羊中有一部分带着蝙蝠羊的特征，很难带着它们前往高重力区；即使现在外观没有什么不同，到了再下一代，可能就会显现出来。

外交主任秀丽的双眉皱了起来。不过，在和异族人说过几句话之后，笑容又出现在了她的脸上。

“喜悦迎宾士说，如果我们可以在昆仑山住上一段时间，等小羊生下来，那么这些小羊不管有没有蝙蝠羊的特征，都可以和他们交换鼯羊。其实只要连续几代都和正常的羊交配，遗传基因就会恢复到纯粹的平原羊状态了。”

“这可太好了！不过，我还有一个担心的问题，鼯羊会不会也混入了蝙蝠羊的遗传基因？”

外交主任又开始和喜悦迎宾士说了起来。看见两个人四目相对、边说边笑的样子，族长不禁有点焦躁不安。

“据说至今都没有发现杂交的现象。”

“真的？公的蝙蝠羊寻找交配对象时好像从不加以区

分，你们昆仑山的生存者都是那样的吗？”少年的话有点不客气。

“嗯，公羊大概是那样。”外交主任还是用一如既往的语气回答，“但是，母羊一次只能生育一头小羊，所以会尽量避免同其他的亚种生出具有不确定性的混血儿。而公羊会尽可能散播自己的精子，这样在繁衍上更有利。有时候杂交会产生意想不到的优秀后代……您认为呢？”外交主任像是忽然想起来似的，加上了敬语的结尾。

“那么，责任都在我们的母羊身上——因为它们没能保护好自己？”

“责怪母羊也太过分了。它们就算拼命想要从公蝙蝠羊身边逃开，能做的也只有在空中乱蹬腿而已。”

年轻的族长抱起了胳膊。

应该接受异族的帮助吗？这项交易看起来对自己这边太有利了，反而让人有点怀疑。不过，对方部族的规模比自己这边大出百倍以上，吃这点小亏对他们来说应该也不是什么大事。而且，如果他们的使命本来就是为游牧民服务，那么交易的不平衡也就理所当然了。我们部族不也是为了自己的使命进行着毫无益处的旅行吗？

但是，万一他们是在欺骗我们呢？如果鼯羊适应不了高重力区，或者被蝙蝠羊的遗传基因污染了呢？不过，即使这样，情况也不会比现在更糟糕。假如不接受他们的帮助，返回到平原的话，羊群的大半已经损失了，而且今后相当长的一段时间里都有生出蝙蝠羊的风险。显然，这种羊也没办法拿去交换。到那时连族人都没有办法养活，作为族长的自己当然也就彻底失败了。说不定以后再也不能重新回到这里，那么整个部族前往椭圆体世界北极的使命都不得不放弃了。

既然如此，只有一条路可走。

“我明白了。我决定接受他们……无恙迎送民的帮助。稍后我会在部族会议中宣布这件事，到时候还要请你和喜悦迎宾士说明一下整个计划的详细情况。”族长字斟句酌地说道。

但是，外交主任似乎并没有注意到他的努力，一听到族长的决定，她就满脸笑容地和异族人对视起来，用族长听不懂的语言开始了长谈。

长谈一定是他们的习惯吧。要不就是一些冗长的外交辞令。

被冷落在一旁的少年族长心里嘀咕着。

龟壳一般的巨大岩石贴着地面摇摇晃晃地飞行着。

“竟然可以利用蒸汽装置飞行。”科学主任惊叹道。

“再小的风也能把石头吹动。”族长尽力保持镇静的样子，“我们太死板了，一直觉得制作出自主飞行器是不可能的事。”

被无恙迎送民称作“飞行岩”的飞行器是一个直径3米的半球，外壳由直径几十厘米的石板黏合而成。族长、科学主任和无恙迎送民的工程师“飞岩驾驶女”三个人坐在这台飞行器里面。巨大且高温的蒸汽装置占据了内部空间的大半，三个人挤在里面几乎动弹不得。而且飞岩驾驶女的身高比科学主任还高出一头，更增强了闭塞感。说起来，他们部族里的人好像全是这种极高的身材。

“不过运载量太小了。”族长苦着脸说，“要是能做个更大的，一次装下一百多人就好了。”

“那样行不通。”飞岩驾驶女直截了当地说，“如果做得比目前这个更大，就需要更多的材料，整体质量就会过大。虽然这在混沌谷不是什么大问题，但由于惯性的作用，质量过大的物体很难控制，容易和其他岩石发生碰撞。”

“听说无恙迎送民一共有三十台飞行岩，可以给我们用其中的二十台。”科学主任的口气像在教导族长，“按照每台一头羊、一天来回一趟计算，大约需要两个月才能运完。”

虽然科学主任一副居高临下的臭脸让人看着就生气，但是他说的都是实情，没办法反驳他。族长咬住了自己的嘴唇。

“我听族里说会把交换来的羊都留在昆仑山，所以你们只要把没受伤的羊运过去就行了，这样的话只要花半个月。”飞岩驾驶女说。

她把瞭望窗的装甲板打开向外看了一下，立刻又关上了。如果一直开着，可能会有石块从外面飞进来。

“再过一会儿就要进入微重力区了，那之后就可以打开舱口让你们看了。”

在昆仑山和须弥山的山顶之间，空气流通的路径变得极为狭窄，所以混沌谷里常有猛烈的阵风。也因为这个原因，混沌谷里的小砂石都被吹散了，空气中基本没有砂石残留，取而代之的是无数直径一米到几十米不等的巨大岩石。岩石一旦被风吹出混沌谷，就会在昆仑山或者须弥山的斜面上慢慢落下，等到反方向的风吹起来，再被吹回到混沌谷里。岩石之间的间隔从几十米到几百米不等，风一吹，全都一起摇摇晃晃地飘起来。

昆仑山与须弥山的山顶间相隔大约600米，那里就是混沌谷，它沿着两个世界共同的赤道延伸开来。因为谷外都是砂石，风吹起来的时候就像笼罩着一层烟雾似的，但是进入混沌谷之后就安静了。

“科学主任，我想请教一个问题。”族长说。

“什么问题，说说看。”科学主任还是一副臭脸。

“为什么会把这里叫作‘谷’呢？”

“嘿，你连这都不明白吗？山与山之间的地方不就叫作‘谷’吗？”科学主任故意用鼻子哼了一声。

“但是，这个解释没有说服力啊。山谷应该是山脚与山脚之间的部分，可这里是山顶之间。一边是我们脚下的昆仑山，另一边是我们头顶上倒挂的须弥山。”族长反驳道。

不对，不应该说“上”与“下”。族长突然意识到，在微重力环境下，上与下的概念已经没有意义了。不过，由于蒸汽飞行装置的惯性，倒是产生了一点像是重力的感觉。

但是科学主任什么都没有说。难道是眼前的状况使他太兴奋了吗？

“可以了，请打开舱口看吧，这儿就是混沌谷。”飞岩驾驶女关闭了推进器，一股不舒服的下落感向两人袭来，这就是所谓的微重力吧。

族长和科学主任争着从舱口探出身去。舱口本来是为单人出入设计的，两个人一起挤得有些难受。不过，能够看到混沌谷不同寻常的景色，这点难受算不了什么。

上下左右所有的方向都飘浮着无数的岩石。所有岩石都朝着同一个方向移动，所以各自之间的相对速度为0。只有在风力或风向偶尔发生变化的时候，岩石的运动才会变得混乱。那情景就像是波浪从混沌谷的一点逐渐扩散至整体。不过用不了多久，当岩石的运动再次稳定，混沌谷里便又重新恢复整齐的秩序。

昆仑山和须弥山的顶上覆着一层与飘浮的岩石同样大小的岩石。

“混沌谷的边界非常模糊。”飞岩驾驶女说，“现在因为有一些风，所以岩石都飘着。如果没有风，大部分岩石都会落在山顶上，山也会因此变得稍高一点，混沌谷的地域也就相应地缩小了。相反，如果风力很强，落在山顶上的石头也会被吹走，混沌谷的范围就跟着变大。”

族长眺望的时候，也观察到好几块岩石摇摇晃晃地飘到混沌谷的外侧，然后被山体吸了过去。岩石像鸟的羽毛一样轻轻飘落，比它们飘浮在空中的时候看起来更加奇异。

“在混沌谷里，保持不动是非常危险的。凭现有的技术制造出的东西，还不能承受以每秒几米甚至几十米的速度运动的岩石的撞击。为了防止这一点，只能让我们自己也跟着一起飘浮。飞行岩就是根据这一概念而设计的移动装置。不过由于飞行岩的密度比天然岩石低，所以对风速和风向的变化更加敏感，当它们突然变化的时候，还是有可能和其他岩石发生碰撞的。如果驾驶得过快就会非常危险。当然，只要足够小心，基本上没有问题。”

像是要验证飞岩驾驶女的话一样，周围的岩石当中有了奇妙的动静。这次的飞行演习一共出动了十台飞行岩，每台飞行岩都比一般的岩石更早也更明显地摇晃起来。每台飞行岩里头都坐着部族主任，他们现在陆续把舱口打开，露出五颜六色的长袍。舱口的朝向各不相同，他们探出的头也朝着不同的方向。

飞行岩的操纵者们都叫一样的名字吗？女人都叫“飞岩驾驶女”，男人都叫“飞岩驾驶男”吗？族长正要提出自己的疑问，突然在视野的最远处发现了一点红色。

他们相距大概 100 多米。红色长袍的美丽女人也看向了这里，挥起手来。她的肩膀正被喜悦迎宾士骨节分明的长胳膊环绕着。

女人不久后就辞去了外交主任的职务，为了遗传基因和文化的交流，留在了无恙迎送民当中。

她是因为爱上了喜悦迎宾士，才决定留在这里的吗？还是因为身为外交主任，有责任保证与对方交涉成功，所以才以结婚作为交换条件？

结婚对象如果是她中意的人，那自然再好不过了。但族长希望她的决定并不是因为感情，而是出于自我牺牲。

少年其实十分清楚，站在她的角度来看，自己的希望自私且不讲道理。但是，这就是他真实的想法，他无法对自己撒谎。就像她曾说过的，母羊无法选择生下什么样的小羊。

然而，少年微弱的希望刹那间就被击碎了。女人靠近异族人的脸，亲了他。不管在谁看来，他们都是幸福的一对……不，她也可能是在演戏。

但是，演这出戏是要骗谁呢？

嗯……不是要骗我们，就是要骗无恙迎送民吧。

为什么呢？

是啊，为什么呢？

这时候，族长忽然注意到，身边黑袍的科学主任也和自己一样紧盯着外交主任与喜悦迎宾士。

原来如此！

自己本来一直讨厌这个家伙，现在却发现和他在这件事上竟然有共同点，少年心中顿时涌出了对他的亲近感。

科学主任似乎意识到自己的心思被13岁的小孩看穿了，不禁双颊通红。

“看看吧，这里就是把世界分为南北两个部分的疆界。”科学主任或许是为了掩饰，突然说起了有关世界的话题。

不过被他这么一说，少年也关注起来。这里无论向北还是向南，天空中都可以看见“终点”。疆界外侧是昆仑山，内侧是须弥山。两座山南北方向的棱线间有120度左右的夹角。

昆仑山的斜面迅速变缓，同类圆筒世界的平原连在一起。类圆筒世界的平原由南向北延伸，直到“终点”。

须弥山两端椭圆形的轮廓线就是地平线。椭圆体世界是正曲率的世界，所以有地平线。因此，椭圆体世界的大部分都被须弥山遮住了，看不见整体的模样。

站在昆仑山顶看类圆筒世界，可以发现那里是负曲率的世界，没有地平线。唯一的例外是昆仑山的棱线。

当然，在混沌谷也和在其他地方一样，只能看见世界的一部分。但因为从重力的束缚中解放了出来，所以类圆筒世界也好，椭圆体世界也好，昆仑山也好，须弥山也好，人们不需要利用其中任何一个作为立足点，就可以看到两个世界的真容。

这两个世界……其实是一只沙漏和镶嵌在沙漏正中狭窄部分的凸镜。

被称作椭圆体世界的部分，严格来说并不是真正的椭圆体，它的边缘是不可微分的棱线，所以称之为凸镜更恰当。凸镜的边缘连接着沙漏的内壁。凸镜的直径大约是自身厚度的 1.5 倍，沙漏狭窄部分的直径当然和凸镜的直径相等。沙漏内壁离凸镜越远，形状就越接近于圆筒，圆筒的直径是沙漏狭窄部分直径的 1.7 倍。凸镜的外壁与沙漏的内壁构成了一组重力等位势面。尽管肉眼看起来有高低差异，但从重力位势上看，两个世界所有位置的高度几乎是一致的。

这是一个戴森天体[1]的亚稳态变体。

---

1 戴森天体：一种假想结构，完全包裹住恒星的中空球体，可以完美获取恒星的辐射能。

“造物者和守护者为什么要选择这样的形状？”

“没有人知道为什么。可能是为了把我们关在一个封闭的世界里。要做到这一点，这样的形状半径最小。”

“真的是为了把我们关在这里吗？”

“什么意思？”

“可能是为了把我们保护起来？”

“像保护珍稀物种一样？”

“也许它们的宇宙对我们来说太过狂暴了。”

“那我们的逃脱计划意义何在呢？”

“逃脱计划真的有用吗？”

“只要各个环节不出岔子。至少现在，我们和无恙迎送民都坚守着自己的使命。”

“你能看见那里的闪光吗？”

“嗯，那里到处都是呢。”

“那是核爆炸的闪光吗？”

“不知道。”

“逃脱计划还在顺利进行吗？”

“不知道。”

计划是否正像预定的那样正常进行，游牧民的族长和科学主任无从知晓。但是，使命不可放弃。如果主动放弃了使命，那么整个计划只会失败。

此外，更加根本的问题是：对于整个宇宙而言，生存者的存在有什么意义呢？如此辛苦地逃出去有什么意义呢？为什么不能在这个世界里安定快乐地生活下去呢？为什么不能在这里中止部族的旅程呢？

少年不再思考。他知道自己永远不可能找到这些问题的答案。世界是广阔而永恒的，人生是渺小而短暂的。尽管如此，不，正因如此，才不能不去考虑自己的行动对于全世界乃至全宇宙的意义。他们马上就要穿越混沌谷，进入椭圆体世界了。但那并不是旅程的终点，甚至连终点在哪里都还看不到。不过，他们确实将在前往最终目标的道路上进入一个新阶段。

在椭圆体世界里，从部族最先踏上的米尤伊大陆[1]到北极圈还有很长的路要走。应该渡过东北方的海洋，沿着新大陆的海岸线北上，还是渡过西北方的海洋，进入日本列岛呢？

不，现在就决定前进路线未免太早了，没有可供判断的资料。无论如何，椭圆体世界还是个完全未知的世界。

1　米尤伊大陆：日本昭和初期面世的《竹内文献》中所记载的传说中的古大陆。

在决定路线之前，必须多了解一些这个世界的情况。

风力变强了，飞行岩在龙卷风中滴溜溜地旋转起来。游牧民都露出畏惧的神色，而无恙迎送民则显得很平静。这种事情对他们来说大概是家常便饭吧。红袍女人和她的恋人一直都凝视着对方，毫不在意风的变化。

少年移开了视线。

我是英雄，部族的历史上一定会留下我的事迹——13岁时便带领族人进入了椭圆体世界。这就够了，人生如此，夫复何求？

可是，我却再也握不到她的手了。

故事结束了。

那么，现在是科学时间。

人在什么时候该做什么？

什么时候不该做什么？

你来说说看。

△

嗯……

故事还没结束。

英雄还什么都没做。

他的故事应该还在继续。

△

名为“历史”的故事无始无终。

它总是连绵不断地继续着。

我们只是随意截取一段，声称它是“故事”而已。

我们只是在把碎片说成是整体而已。

△

○

可是，他还没有做完该做的事。

事情开始了却没有结束。

如果历史是连绵不断的，结束应该也是开始。

如果他的故事结束了，那就给我说个别的吧。

○

哎呀，真是拿你没办法，大小姐。

这么想听，那就再给你说一个吧。

关于后悔的故事。

实现了愿望的故事。

○

独裁者的法则

“这么晚你有什么事？”总统质问突然闯进办公室的男人。

“我个人和你无冤无仇，但是你多活一天，国民就要多受一天的苦。”男人从怀里掏出手枪，“事情变成这样，我很遗憾。”

“我也很遗憾。”总统的双手放在椅子的扶手上，食指的指尖微微动了动。

安装在房间各个角落的自动装置同时启动，交错纵横的激光瞬间射穿了男人的身体。刹那间，男人已经没了生前的模样，变成了支离破碎的肉块，颤动了几下就静止了。

“来人。”总统眼睛都没有眨一下，“房间要打扫了。”

“不能随便出去，知道吗？”大使把手放在小女孩的肩膀上，和蔼地说，“想出去的时候一定要先和我说。”

“嗯，知道了。”小女孩圆圆的眼睛闪着光，很伶俐的样子，“那么我现在可以出去吗？”

“现在不行。爸爸现在要和这个国家的首脑见面，讨论非常重要的事情。我们在这儿的士兵只有三个，其中两个要和爸爸一起去，剩下的一个要看守这个单元，不能离开。”

“要是多来一些士兵就好了。”女孩噘起嘴说。

“我们和这个国家有约定，只能带三个。”

“为什么会有这种约定啊？”

“这个国家的人很害怕第一帝国。来的士兵多了，他们会以为我们要和他们打仗。”

“但是我们并不想打仗吧？”

“我们当然不想，卡莉娅。”大使轻轻抚摸着卡莉娅的头，“不过，我们国家里确实有人喜欢打仗。这个国家的人担心的是第一帝国里那样的人。”

“喜欢打仗的人，是说总统吗？”

大使的动作一下子僵住了，脸色也变得铁青。他深深吸了一口气，小声说：“不许再说这种话，绝对不许。”

“好吧，可是为什么不许说呢？”

“理由也不许问。”大使的表情相当严厉。

“因为总统会生气？”

“小孩子不要老想着总统，那是大人的事。”

“爸爸也害怕总统吗？”

大使向四周看了看。“不害怕。爸爸之所以来这里，本来就是和总统讨论以后的决定，没什么可害怕的。”

“总统也不可怕嘛。”

“嗯。卡莉娅是个好孩子，和珍妮一起留在这里等我回来。”大使又摸了摸卡莉娅的头，走出了房间。

大使离开十分钟之后，卡莉娅轻轻打开房门，向外面看去。

门外的走廊里站着一个士兵。

“卡莉娅小姐，有什么事吗？”士兵蹲下身子，温柔地问道。

“叔叔和我一起出去好不好？”

“现在啊……等另外两个士兵回来，我们就可以一起出去了。”

“那我爸爸什么时候回来呢？”

“怎么说呢……”士兵显得很为难，“你爸爸正在和这个国家的首脑讨论重要的事，所以不能着急，得慢慢谈……”

“是战争的事吗？”

士兵的表情一下子僵住了。“你的爸爸是个了不起的人，他一直都在努力避免战争，所以不用担心。”

“嗯……”卡莉娅看起来并没有被说服，随口附和了一声后说：“我肚子饿了。”

“刚刚才吃过饭吧……”

“我想吃点心。每次吃完饭，休息一会儿之后爸爸都会拿点心给我吃的。”

“能不能忍一下呢？”

小女孩很伤心地摇摇头。

士兵叹了一口气，把手伸进口袋摸了摸。

“对不起，没有了。等下出去的时候买一点……”

“厨房里可能有。”小女孩眨了眨眼睛，“我之前看到的。”

士兵想了想，说：“那你在这里等一下，我很快就回来。”

士兵的身影消失在了走廊尽头。

“爸爸说不能随便出去，所以只要和谁说一声就没关系了。”卡莉娅对怀里的洋娃娃说，“珍妮，我去外面啦。”

卡莉娅说完，把洋娃娃轻轻放在椅子上，走出了这个单元。

“总统，您没受伤吧？”面如死灰的秘书冲进房间，急切地问。

“如你所见。”总统镇定地坐在座位上，冷冷地看着秘书，“袭击我的是什么人？”

“还在调查。”

“要么是第一帝国内部的反政府势力，要么是民主联邦派来的间谍。”总统沉思了一会儿，“不管是哪边，被他们搞出乱子就麻烦了。给你两个小时，查清楚到底是哪边干的。”

“要是两个小时以后还没查出来怎么办？”秘书用袖子擦了擦额头的冷汗。

“必须查清楚。如果查不清楚，那就只有两边一起报复了……而且你必须承担责任。”

在卡莉娅眼里，所有东西都是那么新鲜有趣。她顺着走廊往前走，不断地东张西望。她看得太入神了，撞到了一个同样没好好看路的男人腿上。

“哎呀？”男人看见卡莉娅，产生了兴趣，“你穿的衣服很古怪呀，家里人呢？”

“干什么呢，高武麻？”旁边另一个男人问。

“你看这小孩穿的衣服。”

“好奇怪。”

“知道这是什么衣服吗？”

“某个邪教的？”

“这是第一帝国的衣服。”

“真的？可是我见过第一帝国的人，穿的衣服和她不一样啊。”

“你看到的要么是军人，要么是政客，当然不一样。我不会看错的，这是第一帝国小孩穿的衣服。”男人粗暴地抓住卡莉娅的手腕，捏着她的下巴，“衣服是上等布料，而且这孩子长得还很可爱嘛。”

卡莉娅害怕得连话都说不出来了。

突然，男人疼得大叫了一声，捂住头蹲在地上，随后另一个男人也发出同样痛苦的叫声，卡莉娅看见一颗小钢珠打在了他的头上。街角的阴影里飞快地跑出一个少年，看起来比卡莉娅大两三岁。

少年一把抓住呆站着的卡莉娅的手，喊道："磨磨蹭蹭干什么？！还不快逃！"

卡莉娅稀里糊涂地和少年一起跑了出去。

"报告，"黑眼圈的秘书用嘶哑的声音说，"袭击您的组织已经查明了，是一个叫'新星'的反政府势力。"

"辛苦了。"总统一边磨着指甲一边说，"那么，从事情发生到现在，过了多长时间？"

"半天。"

"我给了你多少时间？"

"两个小时……"秘书的声音低了下去，"可是，我……"

"我不想听任何理由。"总统的椅子转了过去，背对着秘书。

"总统，从今往后我一定……"

总统打开通话器："利耶鲁多，立刻到办公室来，你现在是新一任秘书了。"

"总统，请不要……"前任秘书的身子哆嗦起来。

"再见了。"

卡莉娅和少年来到一个单元的广场里。他们倒在一条长凳上，周围都是来来往往的人。虽说是广场，但因为人多，天花板又很低，所以一点开阔的感觉都没有。

“那些家伙都是流氓，都很变态。”少年还在大口喘着粗气。

“‘变态’是什么意思？”卡莉娅一边看着奇怪的天花板，一边问道。

“嗯？”少年眼睛瞪得圆圆的，“你不知道‘变态’是什么意思？”

“嗯。”

“‘变态’就是很坏的大人。”

“是首相那样的人吗？”

“首相？你是说民主联邦的首相？”

“是啊。”

少年捂住了卡莉娅的嘴：“这种话只能在第一帝国说，在这里千万不能说这种话，除非你不想活了。”

少女用力点了好几次头，少年才小心翼翼地把手拿开。

“为什么说这种话就是不想活了？”

“你真是从第一帝国来的？”

“嗯。”

“在第一帝国，有人说你们总统的坏话吗？”

“不知道。”

“你听到有谁说过你们总统的坏话吗？”

“好像没有。”

“你要是说总统的坏话会怎么样？”

“我爸爸说‘绝对不许’，他还说小孩子不要老想着总统。”

“这里也一样，小孩子也不要老想着首相。”

“哦。”

“不过在这里可以随便骂总统。总统就是狗屎！！”

周围路过的大人们往少年这里看了看，有几个人皱起了眉头，但没人过来训斥少年，大家都只是继续走自己的路。

“看到了吧。”

“总统真是狗屎吗？”

“不知道。”

“不知道的人不应该说他的坏话。”

少年盯着卡莉娅看了一会儿，忽然大笑起来。他伸出手，握住卡莉娅的手。

“我叫奇奇鲁，请多关照。”

“我们突袭了‘新星’的指挥所，歼灭了里面的所有人。”新任秘书颇为得意地说。

“谁让你杀掉所有人的？”总统似乎并不高兴。

“没有……您难道不是这么打算的……”

“我没有过这种打算。现在我就永远没办法知道他们在想什么了。”

“我……我是为了您才……”

“算了，你也不用害怕。”总统不耐烦地说，“这点小错还不至于惩罚你，反正这也算是打击了敌视我的反政府势力吧。”

新任秘书长长出了一口气，把悬着的心放了下来。

“明天什么时候出发？”

“上午 10 点。”

“大使那边有报告来了吗？”

“还没有。”

“比预想的时间晚啊。”

“说不定是碰到了什么麻烦。”

“麻烦？”

“也许民主联邦要了什么花样。”

总统大笑起来：“想要花样也不会是现在。他们没那么蠢，谁都知道，先保住自己的小命要紧。”

“正常人想必会像您说的那样。”

“你是说那些人不是正常人？”

“当然。”新任秘书自信地点了点头，“如果是正常人，也就不会和您对抗了。”

总统再一次大笑起来，一边笑一边捂着肚子，连眼泪都笑出来了。新任秘书看着总统，眼神里混合着疑惑和恐惧。

过了好几分钟，总统终于停止了大笑：“你真的是这么想的吗？”

“当然。”

“恭喜你，你可以继续做我的秘书了，因为我喜欢睁着眼睛撒谎的人。”

“第一帝国和民主联邦的关系为什么这么糟糕呢？”卡莉娅天真地问。

“你真的不知道？”

卡莉娅点了点头。

“因为争夺燃料。”

“燃料？”

“嗯，宇宙飞船的燃料。”

“宇宙飞船是什么？”

“就是在宇宙里飞行的时候乘坐的交通工具。”

“宇宙是什么？”

“就是我们生活的地方啊。”奇奇鲁抱起胳膊，“嗯……宇宙是难以想象的巨大空间，它里面存在着无数各式各样的世界。”

“宇宙就是巨大的空间？”

“对！宇宙飞船，就是能在这个巨大空间里飞行的交通工具，速度快得不得了。什么样的宇宙飞船都有。小的很小，坐一个人都挤得难受；大的很大，甚至能装下整个世界。你明白了吗？”

卡莉娅点点头。

“真的明白了？不过不明白也没关系。民主联邦和第一帝国就在那种大得能装下世界的宇宙飞船里。”

“在同一个飞船里？”

“不，是不同的飞船。你从第一帝国来到民主联邦的时候，没有穿过宇宙空间吗？”

卡莉娅摇着头说："嗯……一直都是夜里，没看到什么宇宙空间。"

"哦，你看到的夜晚其实就是宇宙空间。对了，从外面看这个世界是什么样子的？旅行的最后你应该看到自己靠近什么大东西了吧。那东西漂亮吗？"

"是这样一种圆的……"卡莉娅用手比画出一个圆筒，"看上去乱糟糟的，不太漂亮。"

"这样啊，和我想的一样，毕竟是各个单元组合起来的嘛。当然，黑洞不是组合起来的，除了它之外的部分，包括量子冲压式喷流引擎，都是同样形状的单元组合起来的。这些都是从前的人设计的，结构非常精妙。第一帝国也是由单元组合起来的吗？"

"嗯，我就是坐着自己家的单元来这里的。"

奇奇鲁吹了一声口哨。"你家居然能有整整一个单元？你家真是有钱。"

"这我就不知道了。"

"我住的单元里面一共有五十户人家，而且单元的引擎坏了，不能自己移动。"

"那样的话，旅行的时候怎么办？"

"用脚走喽。"

“哦，这样啊。”

奇奇鲁一边沉思，一边自言自语：“真不可思议，第一帝国的单元竟然可以和民主联邦的成功对接，一点障碍都没有。”

“为什么不可思议？”

“这就等于说两艘宇宙飞船是以同一种技术制造出来的。如果两边的关系从一开始就很恶劣，是不可能特意做成这样的。”

“那么，从前没有战争吗？”

“不知道。我只知道两艘飞船之间的战争已经持续好几百年了。”

“就为了争夺燃料？”

“对，争夺燃料。两艘宇宙飞船的能源是一样的，都来自量子黑洞。你知道那是什么吗？”

卡莉娅摇了摇头。

“我猜你就不知道。黑洞是时空中开的一个洞。黑洞一般非常重，引力很大，什么东西都会被吸进去，什么都逃不出来。不过小型的黑洞是会吐出能量和物质的，越小越轻的黑洞吐出的能量越大。但小型黑洞会在释放能量的过程中变小，变小的黑洞又会释放更多的能量，最后爆炸。黑洞要是爆炸了，就没办法被宇宙飞船利用了。为了防止爆炸，必须不断向黑洞提供饵料。”

“饵料？”

“说是饵料，但不是吃的东西。只要有质量，什么都可以作为饵料——换句话说，它们成了燃料。我们的城市里之所以没有一点垃圾，是因为没用的东西都拿去当燃料了。不仅是垃圾，单元、人类都是如此。”

“人类？”

“像尸体、罪犯什么的。你们那里应该也是吧？尸体和罪犯都会被扔进黑洞里。最近燃料不够，有人提出要把老人也作为燃料。”

“把爷爷奶奶当作燃料？”

“丢卒保车呗。你知道吗？从前有许多许多方便的生活用品，电视机、电话、录像机、微波炉，洗衣机什么的。”

“现在也有啊，我看到过的。”

“对于像你家这么有钱的人来说，那些大概不算什么珍贵的东西吧，可我们都只在故事里听说过。那些东西虽然确实方便，但是对于生存来说并非必不可少，所以全都扔掉了。”

“全都做燃料了？”

“全都做燃料了，而且从今往后也都会是这样。最开始是可有可无的东西，后来就是很重要的东西，到最后，连必需的东西也会被扔到黑洞里去。”

卡莉娅听得都要哭出来了。“那到底该怎么办呢？”

“不想死的话，唯一的办法就是获得燃料。但是飞船周围是什么都没有的宇宙空间，而且我们还在以亚光速飞行，所以，能够获得燃料的地方只有两个：这里和你们那里。”

“你是说，民主联邦的人是要从第一帝国那里抢夺生存必需的东西吗？”

“两边都在打一样的主意。以前还只是偷偷摸摸从对方那里偷些垃圾回来，现在可就顾不了那么多了。哪怕是里面还住着人的单元，也会破坏之后把碎片和尸体塞进货仓运回来……”

“如果两个国家一直这样抢夺下去，最后会变成什么样子？”

“最后就会没有可以飞行的单元，战争也就打不起来了。最后的最后，要不就是和黑洞一起爆炸，要不就是自己也变成燃料吧。”

“按照您的命令，战斗用军事单元都已经在民主联邦的周围各处部署好了，他们连一只蚂蚁都逃不出来。”宇宙军司令得意扬扬地报告道。

“单元的炮口对着哪边？”

“什么？”

“为什么部署战斗用单元？”

“当然是为了打击民主联邦里反对第一帝国的势力。”

“这样的话，炮口应该对着哪边？”

“可是，如果炮口对着民主联邦的话，恐怕会立刻引发战争啊。”

“引发战争有什么关系？本来就是要打仗啊。”

“但是这样一来，民主联邦内部的亲第一帝国势力就不可能倒向我们了。”

“到了现在，不管谁倒向哪一边，对整个局势也不会有影响了。目前最重要的是让对方理解我们的意图，那就是‘我们并不打算听取你们的意见’。要是对方有任何可疑举动，立刻开炮，将其扼杀在摇篮里。至于他们是不是真的打算反抗，事后再确认也不迟。”

“可是……”司令还想说什么。

“可是什么？”总统冷冷地问。

司令注意到了总统锐利的目光。总统是不是要做什么动作了？司令很清楚，如果自己再不服从命令，总统就会做出某种微小的动作，也许只是摆摆手、打个响指或者轻轻伸个懒腰，然后在下一个瞬间，自己就会从这个世界上消失。一定会是这样，因为总统非常清楚一个不服从命令的司令具有多大的危险性，所以绝对不能容许这样的人存在。毕竟总统当年能成功发动政变，正是因为掌握了军队。

“不，没有了。”司令不敢再说什么。

总统的脸舒展开来。

司令敬了一个礼，向房间外走去。

“等一下。”总统看着司令的背影，忽然喊住了他。

司令的腋下渗出了冷汗。“啊？”

“你下令让炮口转向民主联邦的时候，所有的单元都会服从命令吗？”

“不太清楚。按道理说，服从命令是军人的天职，但他们也都是有怜悯之心的。”

“所有不服从命令的单元都要立刻摧毁。那些人留着很危险。”

总统的目光刺透了司令的心脏。

不行，无论如何也不能违逆这个人。

“遵命。”司令屈服了。

“这样的话，必须停止战争才行。”

“是啊，很多人都和你有一样的想法。但有实权的人并不这么想。”

“‘有实权的人’是谁？”

“就是我们的首相和你们的总统。”

“那就应该有人去提醒他们啊。”

“有很多人都去提醒他们了，但是，一个人都没有回来。”

“他们怎么了？”

“这个你就不要问了。”

“既然没办法提醒他们，要是能有不想打仗的人当上首相或者总统就好了。”

“讨厌战争的人绝对不可能当上首相或总统。”

“为什么？”

“有很多人都想当首相、总统，他们必须互相战斗，只有最终的胜利者才能当上。所以最后都是喜欢战争的人能左右国家的命运。”奇奇鲁用老成的口气说，“所以战争是无论如何都不可避免的。人反正都是要死的，只是早死晚死的区别罢了……啊，你怎么哭了？”

卡莉娅哭了，为了这个不幸的世界，也是为了直到今天才了解这一切的、无能为力的自己。

啊，可怜的奇奇鲁，可怜的爸爸，可怜的我，可怜的总统。所有的一切很快都要灰飞烟灭了。

“对不起，让你害怕了。”奇奇鲁手足无措地说，“我不是故意的……”

路上的行人向他们看去，几个人停了下来，似乎觉得他们有点奇怪。

“对了，这个给你，不要再哭了哦。”奇奇鲁伸出手，把一个小小的东西放在卡莉娅的掌心里。那东西闪烁着耀眼的红色光芒。

“这是什么？”

“是宝石。”

“‘宝石’是什么？”

“就是会闪闪发光的石头啦。从前的女人们会把这个戴在身上。看，这里有个别针。”奇奇鲁用别针把宝石别在卡莉娅的胸前。

“石头”又是什么？卡莉娅还是不明白，不过她并没有继续追问下去。宝石的美丽已经捕获了她的心灵。在卡莉娅看来，那简直像用魔法冻结起来的火焰。

“现在为什么没有人戴了？”

“因为几乎没人有了。宝石只是看起来漂亮，其实一点用都没有，很久以前就被列为燃料了。”

没有用处吗？太荒谬了！它明明能让人变高兴啊！

“那么这颗宝石为什么没有变成燃料呢？”

“因为有人一直舍不得把它扔掉，想尽办法把它藏了起来。这是姐姐给我的，又是妈妈给姐姐的，再往前我就不知道了，大概是奶奶给妈妈的吧。”

“你和妈妈、姐姐住在一起吗？”

奇奇鲁摇了摇头。“我和朋友们住在一起。那些朋友和我一样，都是无家可归的人。”

“那你的妈妈和姐姐在哪里呢？”

奇奇鲁的眼睛里流露出悲伤的神色。“有一天，我和姐姐回家的时候，发现走廊的中间被一扇灰色卷帘门挡了起来，很多士兵一边大喊一边操作着。我和姐姐求那些士兵放我们过去。”奇奇鲁闭上了眼睛，“但士兵告诉我们，卷帘门那边是真空的宇宙空间。我们说这不可能，因为我们家就在门的那边。士兵不再看我们，用手势让我们离开。那时候，我还不明白发生了什么。”

“是我们国家的士兵干的吗？”

奇奇鲁没有回答，自顾自地说下去：“从那一天开始，我和姐姐就无家可归了。我们都还只是孩子，不知道能做什么事情养活自己，每天只有漫无目的地从一个单元走到另一个单元。那些日子里，我们两个人一直都徘徊在饿死的边缘。后来，有人开始找姐姐去工作了。那是姐姐厌恶的工作，但是为了让我吃上饭，再厌恶的工作她也忍着。”

“是什么样的工作呢？”

“肮脏的工作。人为了重要的东西，什么都可以去做。”

“你的姐姐后来怎么样了？”

“死了。”奇奇鲁陷入了沉默。

“这个还给你。”卡莉娅把奇奇鲁的宝石拿了下来。

“不喜欢？”

“不，非常喜欢。但这是你姐姐留给你的纪念啊。”

“就算没有这颗宝石，只要我闭上眼睛，姐姐就会清楚地出现在我眼前……她瘦得皮包骨头，手臂上布满青色的血管……但是，非常美丽。”奇奇鲁把宝石放回卡莉娅的手里，“这个你拿着吧。有女孩子戴着它，姐姐也会高兴的。”

“那你带我回你家看看好不好？”

“你刚刚遇上那么大的危险，现在就忘记了？快回家吧。要不是我用弹弓射了那几个人，你现在不知道会变成什么样子……”

“可是一回到家，我就再也不能出来了。我想多看看这个国家。”

“那就随你的便。”奇奇鲁的声音不知不觉兴奋了起来。

“你知道为什么会燃料不足吗？”

“不是因为黑洞吗？”

“当然是因为黑洞。你知道为什么要给黑洞不断补充燃料吗？”

“如果不补充燃料，黑洞就会变得更加不可控制，最后发生爆炸。”

“那你知道为什么黑洞会变得无法控制吗？”

“对不起阁下，我不知道。”

“你当然不知道了。战争时期，没有闲暇向孩子们传授正确的历史知识。战争已经持续了几百年，连执政者都忘记了历史，正确的知识只在少数人中流传。我也是偶然才了解到了黑洞失控的原因。一般来说，引擎的输出功率与燃料的投入量之间会保持一定的比例，但是量子黑洞冲压式喷流引擎却没有这么简单。当然，从周围的吸积盘[1]中产生的能量与燃料的投入量之间还是保持着比例关系，但黑洞本身持续产生的霍金辐射[2]却与是否投入燃料没有关系。霍金辐射的能量与黑洞的质量成反比，也就是说，随着霍金辐射的不断产生，黑洞的质量会越变越小，同时也会变得更热更亮。我们的祖先在设计恒星船时，保证了从宇宙空间中获得的燃料与黑洞产生的能量持平。因为如果燃料过多，黑洞就会变大变冷，如果能量产生过多，黑洞就会变小变热。在开始的一段时间里，这个系统运行得很正常。但是，这毕竟是人类的第一次尝试，出现未曾预想的情况并不奇怪。两艘宇宙飞船经过了被称为‘宇宙空洞’的区域，那里的物质极度稀少，而且面积比地球上的科学家们预想的大了那么一点。于是，持续处于燃料不足

1　吸积盘：白矮星、中子星、黑洞等致密天体周围，物质受到引力作用向中心天体落下所形成的盘状结构。

2　霍金辐射：即黑洞辐射，以量子效应理论推测出的一种由黑洞散发出来的热辐射。

状态中的黑洞开始慢慢地缩小，当飞船再度驶入物质丰富的区域时，黑洞产生的能量已经多到了危险的程度。自那以后，黑洞产生的能量就一直多于从宇宙空间中获得的燃料，于是……接下来的事情你们就知道了，我们为了阻止黑洞进一步失控，不得不想尽一切办法给它补充燃料，不惜连生存所必需的东西都扔了进去。”

“我第一次听到这样的历史。”

“现在的生活并不是我们原本的状态。为了解决能量过剩与物质匮乏的问题，我们只能每次向黑洞中投入更多的燃料，以此来阻止黑洞质量的减小。但这只是一种治标不治本的手段，能够投入黑洞的物质终究有限，总有一天会用尽。是在短暂的奢华之后毁灭，还是在漫长的贫困之后毁灭，你会选择哪一种？”

“我无法回答，阁下。”

“我国的民众正忍受着漫长的贫困。你对此怎么看？”

“我很遗憾。但是，我国的民众也忍受着同样的贫困。”

“这不是理由。”总统打了一个哈欠，“我多年来都主张采取正确的方法让黑洞回到正常状态，那就是在短时间内投入大量物质，而不是长年累月一点点投入。只有这样做，能量的产生才会减少，黑洞才会回到原先的平衡状态。”

“但是，投入之后会立刻产生巨大的能量。”

“那不是问题。”

“恐怕只有你这样认为。”

总统默默站起身，在男人身边踱起步来，发出一连串脚步声。“你对我的做法不满吗？”

“如果我说‘没有’，那就是在说谎了。”

“好，你要是不敢承认就没意思了。”总统轻轻拍了拍手，“有意见就说说看吧。”

“你的做法太强硬了。民主联邦至今也没同意你的主张。不仅如此，就算在第一帝国内部，大部分国民也并不支持，人们都管你叫‘绯色独裁者’……”

“你的话越说越过分了，别忘了自己的身份。你现在是我的阶下囚。”总统不满地说，“不过，这次饶过你的无礼，算是特许。”

“对不起，总统阁下。”

“要说‘我的总统阁下’。”

“对不起，我的总统阁下！”

“这样还差不多。如果我要将主张坚持到底，你觉得应该怎么做？”

“你应该耐心地说服别人。如果你的主张确实正确，人们终究会接受的。”

“哈！你的想法太天真了。”总统耸了耸肩，“我为了让自己的想法实现，不得不坐到了这个位置上。这是条捷径，我可一点耐心也没有。尽管如此，我还是花了这么多时间，我又还剩多少时间呢？”

“这取决于阁下怎么想了。如果能改变你现在的想法……”

“好了好了。”总统打断了男人的话，“如果我不给你决定自己命运的权利，那当然是不公平的。所以你打算选哪一种？在短暂的奢华之后死亡，还是在漫长的痛苦中活着？”总统把手放在男人的肩头，在他耳边说，“当然，首先你要能耐心地说服我，前首相阁下。”

“你的家在哪里？”卡莉娅站在大厅的中央，这里散落着层层叠叠的薄塑料板和破毯子，光线很暗，看不清周围。不过，飞船的能源供过于求，这里暗是因为照明设备不足。

“这里啊。”奇奇鲁回答道，“这个单元就是我的家。”

“但是，你的房间在哪里呢？”

“整个单元都是我的房间。”

卡莉娅借着暗红的灯光四下张望，“那不会太大了吗？”

“一个人住的话是太大了，但是两百个人的话就不大了。”

“两百个人！”

“有大概一半的人到别的单元去找食物了，所以现在只有一百人吧。”

“哎？但是，这里……”

这时候卡莉娅才注意到，刚刚被她当成毯子的东西原来都是裹在旧衣服里的人。层层叠叠的塑料板有的是他们的床，有的是储物柜，有的是桌子。

大家好像没有注意到卡莉娅，全都一动不动。

“大家都睡觉了吗？”

奇奇鲁摇摇头。“不是，他们只是太绝望了。”

奇奇鲁领着卡莉娅走到一处角落，角落里乱七八糟地堆着脏兮兮的塑料板。

“这里是奇奇鲁的？”

“对，是我的基地。”奇奇鲁用脚尖把塑料板的碎片一块一块翻过来。

"你在做什么呢？"

"看看我不在的时候是不是有人干坏事了……好像没问题。"

"什么样的坏事？"

"就是趁我不注意，一点点把这些破烂偷走。"

"偷破烂有什么用？"

"可以换到它们十分之一重量的食物。"奇奇鲁在黏糊糊的衣服下面摆弄了一会儿，拿出一个被压扁的 5 厘米见方的茶色块状物，上面很多地方带着青绿色，"要是肚子饿了，就吃这个吧。"

卡莉娅战战兢兢地接了过来，那东西摸上去滑溜溜、湿漉漉的。

"这是什么？"

"面包。"

这是面包吗？闻上去和卡莉娅所知道的面包气味完全不一样。卡莉娅犹豫了一会儿，终于狠下心把这个东西放到嘴边，想要试着咬一小口，但是奇奇鲁一把抓住了她的手。

"等一下……有点奇怪。"

"怎么了？面包奇怪吗？"

“不，不是面包。是大家的样子……”

卡莉娅往四周看去，一开始并没有发现什么奇怪的地方，但很快明白过来奇奇鲁的疑惑是什么了。

他们周围的人员密度忽然增加了。好多衣衫褴褛的居住者们蹲着一点点向两人靠近。

“装成完全没注意到的样子，做好逃跑的准备。”

“逃跑的准备？要怎么准备啊？”

“在头脑里考虑逃跑的路线。从哪两个人的中间穿出去，从哪个门往外跑。”

“那从哪个门出去比较好呢？”

“开着的门当中最近的那一个。”

“可是，一扇开着的门都没有啊。”

“糟糕！他们一开始就打算这么干，所以把门都关上了。”

“奇奇鲁，我害怕。”

“没关系，我们一定能逃出去。”

包围圈在一点点缩小。

“看准时机，再过几秒钟他们就要动手了。我去揍右边那个家伙，你从侧面突围，然后从他身后的门逃出去。”

“门要是锁上了怎么办？”

“那就往别的门跑。如果被抓到，你就拼命反抗，挖他们的眼睛，踹他们的下半身。”

“那样他们会受伤的。”

“这些家伙受伤也没关系。”

“破毯子”全都站了起来。

那是一群骨瘦如柴的男人，眼睛里闪烁着让人不寒而栗的光。其中一个就是之前在走廊上抓住卡莉娅的人，太阳穴的位置还流着血，恶狠狠地盯着奇奇鲁两人。

“跑！”奇奇鲁大喊一声，冲了出去。

流血的男人冲上来挡住了奇奇鲁的去路。

“奇奇鲁，我要杀了你！”

男人全力一脚踹在奇奇鲁肚子上。奇奇鲁瘦弱的身体飞了出去，重重地摔在地上。

“活该！”男人冷笑一声，走到奇奇鲁身边，又踢了一脚。

奇奇鲁在地上翻了个身，躲开了这一击。但是男人紧接着跳了起来，一只脚踩在奇奇鲁肚子上。

“啊！”奇奇鲁吐出了一口鲜血。

男人踩在他身上，大喊着举起拳头朝他的眼睛和鼻子揍去。

“住手！”卡莉娅用身体去撞男人的腿。

为什么不逃！奇奇鲁想对她喊，但喉咙里冒出的只有血。

“烦人的家伙！那我也杀了你！”男人一把抓住卡莉娅的前襟，把她拎了起来。

住手！奇奇鲁拼尽了力气，但奈何不了大人的体重，被压得喘不过气，视线也模糊起来。

男人的拇指和食指按在卡莉娅的眼睛上，眼看一用力就要戳进去了。

“等一下！”另一个高个男人抓住了他的手。

“怎么了，老大？他们让我流血了！”

“闭嘴，高武麻。”老板紧紧抓着男人的手腕，指甲掐进肉里，血流了出来，“我也让你流血了，你要杀了我吗？”

“啊！”高武麻把卡莉娅扔到地上。

“别太冲动，动动脑子好好想想。这小丫头什么都没干，弄伤你的只有奇奇鲁一个。”

“只杀奇奇鲁一个不够解恨。”

“不行，这丫头还有用处。”

“一个小丫头能有什么用？还要好几年才能长成女

人呢。”

“你这个变态，真是狗嘴里吐不出象牙。”老大轻蔑地瞥了他一眼。

高武麻瞪着双眼向老大挥出了拳头，下一个瞬间，两只来自不同方向的拳头猛地打在了他的脖子上。老大的两个亲信刚才已经悄悄来到了高武麻身边。高武麻脸色苍白地跪了下来。

“这个丫头是第一帝国大使的女儿，好好利用的话，下半辈子都不用愁了。”

“你要拿这个丫头做人质？”

“不错。”

“那会挑起战争的。”

“反正马上都要爆发战争了。而且一旦战争爆发，我们这些抓了敌国政治家女儿当人质的人，可就成了英雄。不管怎么样，要是现在杀了她，那就一点价值都没有了。”

“我不杀她就是了。”高武麻用手背擦了擦嘴边的口水。

“明白就好。不过刚才你也不是没打招呼直接动的手，就让你杀了奇奇鲁解恨吧。”

“好，这也不错。”高武麻又踩了几下奇奇鲁。他的脚踩上去的时候，奇奇鲁的身体除了微微弹起之外一动也不动了。

“哎，怎么回事？这家伙不动了。”

“废话，这么小的小孩子被你踩成这样，当然死了。”

“混蛋！居然在我没看到的时候死了！”高武麻又踢了奇奇鲁的喉咙几脚。

“别在尸体上浪费时间了！”老板厌恶地说，“接下来的一个小时是成败的关键，先回指挥所！”

老大跟在手下们的后面走了出去。高武麻往奇奇鲁身上吐了一口唾沫，也跟了上去。

几分钟后，一个军人来到了大厅里。他曾经在这里生活过，听说奇奇鲁和一个陌生的少女走在一起，特地过来看看。

“奇奇鲁，你怎么了！”他把倒在血泊里的奇奇鲁扶起来。

“卡莉娅被带走了，高武麻他们……啊……”奇奇鲁无力地呻吟着，“宝石掉下来了，把它带给卡莉娅……”

奇奇鲁又一次晕了过去。

“开始吧。”总统低着头说。

屏幕上显示着第一帝国的全貌，那是一艘不好看且形状复杂的巨型宇宙飞船。飞船的前后方都设有喷射口，里面持续释放出强烈的光束。只要略微改变这两条光束之间的平衡，飞船就会达到人类无法忍受的速度。宇宙飞船的背景是黑暗的宇宙空间，如果调整好观测频率，可以看到美丽的星虹[1]，不过现在频率被限制在了看不见星虹的范围内。

总统周围挤满了人，所有人都屏息静气地盯着屏幕。过了一会儿，屏幕上开始出现闪烁的雾状物。那雾不断涌出，范围越来越广，浓度越来越高，最后蔓延到整个屏幕，画面变成了雪白一片。围观的人们情不自禁发出感叹的声音。

“放大画面。”总统毫不关心人群的反应，低声命令道。

画面慢慢放大了。雾气的粒子逐渐清晰起来，终于可以看清它们的形状。那些微粒是构成第一帝国的一个个单元。无数单元相互间保持着一定的距离，遵循着复杂的

1 星虹：由于光行差与多普勒效应，以亚光速在宇宙中飞行时可以观测到的以前进方向为中心的彩色光环。

轨道逐渐远离，看上去就像雾气在扩散一样。一般情况下，各个单元移动所需的能源都由量子黑洞释放的能量波提供，而这一次因为不能再直接利用黑洞能量，所以每个单元里都配备了反物质存储装置来供能，但这种装置极其危险。

“还原画面。”总统确认完情况，便不再关心屏幕上的壮观场面。

雾气包裹着的母船船体渐渐变薄，慢慢透明起来。透过雾气，可以看见若隐若现的内部结构。组合在一起的单元数目减少了很多，显得空荡荡的。母船内有一个巨大的发光椭圆体，那是量子黑洞周围由多重磁场与等离子体构成的保护膜。通常情况下，保护膜是由宇宙飞船内部的单元维持住的，从没有像现在这样完全剥离出来。

“怎么样，很惊人吧？”总统对身边的男人说。

“对不起，阁下，其实我有一点担心。”

“担心什么？”

“如果保护膜破了，会怎么样？”

“大部分单元还没有同黑洞拉开充分的距离，如果现在黑洞崩溃的话，释放出的能量大概会导致大部分国民死亡吧。当然，最先出发的我们没必要担心这个问题，真正值得我们担心的问题是，失去了家园的我们，今后唯一可以依靠的只有民主联邦了。到那时候，就算民主联邦的人愿意接纳我们，恐怕我们也不得不面对没有辩护人的审判吧。”

“您在开玩笑吧。”

“我从来不喜欢开玩笑，”总统似乎一点都不觉得有趣，“谁来把这个胆小鬼赶出去。连这点胆量都没有，还有什么必要待在这里？”

“对不起，阁下，请原谅我。”男人跪了下来。

“阁下，他是作战司令部的要员。”别的部下求情道，“少了他的话不太好办啊。”

“司令部的要员更不应该如此害怕，”总统冷冷地说，“关键的时候胆怯更不好办。我们国家的国民中可以代替这个家伙的优秀人才有的是。”

男人无言以对，老老实实地被带出了房间。

屏幕上的雾气逐渐散去，只剩下保护膜和它周围21个闪烁着光芒的亮点。

“其实人们一直都知道，要实现对黑洞的完全控制以及能量的充分转换，最少只需要21台单元形成磁场就够了。不过至今为止，这一理论都没有被付诸实践，因为人们认为没有必要冒这种风险去检验理论的正确性。”

“阁下，这种理论只是纸上谈兵。”一个女性士官说。

“这种理论到刚才为止是纸上谈兵，而现在它已经被完美证实了。”

总统下意识地伸手摸了摸胸口，这是其思考问题时的习惯动作。

“在这些单元当中，哪怕只有一个不能正常工作，保护膜就会在一微秒之内消失，那样的话……”

“你的担心很有道理，”总统脸上终于浮现出这一天以来的第一个笑容，“那就让我们调头重新向黑洞靠拢吧。这样我们就不必担心保护膜消失了，因为在一微秒的时间里谁也没工夫去担心了。”

“谁啊？”高武麻从门上的小窗里鬼鬼祟祟地往外看。

“是我。”军人不耐烦地说，“忘记我的长相了？”

“啊，是队长大人啊。刚刚没看见您的脸，对不起。什么风把您给吹来了？”

“废话，当然是有事情。先让我进去再说。”

“就在这里说吧，里头乱得很，不好意思让您进来啊。”

“怎么，里头藏着什么东西？”

“啊，怎么会。要不您先等等，我通报老大一声。”

高武麻的脸消失了。几分钟之后，门开了。

“哦哟，队长大人啊，什么风把您给吹回来了？”老大张开双臂说。

“你怎么和高武麻说的一模一样。”

“无论是谁都会这么说嘛，大家都觉得你连人带心都成了军人，所以担心啊。”

“为什么？当军人不好吗？”

“因为如今的军队就是个窝囊废和卖国者的集团啊。”

“你居然敢这样诽谤国家军队，胆子够大的，凭什么这么说？”

“第一帝国的大使现在在我们这里，对吧？”

军人点了点头。“这种绝密的消息你居然都知道了。”

“为什么不杀了他？”

“这是上面的事情，我不是很清楚。大概是不想激怒帝国方面吧。”

“瞧，果然是窝囊废。”老大笑了起来。

“确实如此，你说得不错。”队长也一起笑起来，“那卖国者呢？”

“隐瞒大使来这里的事情，不就是卖国者的作为吗？

之所以不让民众知道，是想和第一帝国签订什么秘密的卖国条约吧。”

“但如果让民众知道大使来这里的事情，民众一定会要求知道我们交涉的底线。而一旦民众知道了，第一帝国也必然会知道。你想想，连谈判的底线都让对手知道了，我们还能有什么讨价还价的余地吗？”

“果然是彻头彻尾的军人。”老大鼻子里哼了一声，“要是让我说，根本没必要跟他们谈判。他们不过是混蛋总统的走狗罢了。有时间跟他们废话，还不如直接去拿下他们住的单元。要想抢回来，就让他们全折在这儿。”

“这样双方都会有损失的。”

“帝国有损失关我屁事！”老大脸上露出狰狞的笑容，“要是我们受到损失，向帝国那边双倍讨还就是了。一天不把帝国灭掉，我死不瞑目。”

“说得好，还是你信得过。”队长在老大的肚子上轻轻捶了一拳，“其实，你是误解我们了。军队方面的真实想法和你是一样的。如果有可能，我们也恨不得马上就把帝国掐死。可是我们苦于没有这个能力啊。我们这里什么撒手锏都没有。哪怕是抓住他们大使的弱点，也能在谈判当中占据主动。唉……”

“比如说？”

“比如要求对方割让单元，向他们讨要足够我们重新驯服黑洞的量。”

“对方要是不同意呢？”

“宣战！”

“我就等着这句话！”

老大一拳捶在队长肩上，两个人再度大笑起来。

“对了，你知道大使有个女儿吗？”老大收住笑，认真地问。

“大使的女儿？”队长看起来有些莫名其妙，“嗯，我知道。好像还很小，什么都还不懂吧。”

“你今天见过她？”

“没有。我就在迎接大使的欢迎会上见过一次，后来再也没见过。大使好像打算一直把她关在单元里面不让她出来。”

“为什么不让她出来？”老大问。

“大使的女儿喜欢到处乱逛。要是被一些冲动的人撞见了，会有什么下场可想而知。”

“如果有人绑架了大使的女儿，你们军队会怎么做？”

“当然是宣称要全力保护她的安全并护送回国。”

“宣称？”

“当然。大使的女儿落到了我们手里，不好好利用可就太浪费了。”

“找到了之后你们怎么办？”

“对外装作没有找到的样子，暗地里与绑架者做交易。”

“什么样的交易？”

“首先要保证绑架者的生命安全，然后由军方和大使展开秘密谈判。真要到了这一步，无论我们提出多么苛刻的条件，大使也不得不答应。等到整个事件结束，绑架者会成为民主联邦的英雄。”队长耸了耸肩，“可是谁能那么走运啊。”

“实际上，那女孩就在这里。”

“不可能！你别开玩笑了。”

“真的。”

队长慌忙关上门。“真的在这里？”

“是啊。”

“放在这里可不行啊。”

“为什么？没人知道这个地方。”

“只有你们才这么想。军方的情报部门已经掌握了城市里所有犯罪组织指挥所的位置。第一帝国的特务机构恐怕也知道了。”

“特务机构是什么？”

“你以为帝国方面只有大使团来吗？别傻了。帝国的特务机构已经开始地毯式搜查了，可别小看了他们。如果你们和帝国方面发生正面冲突，我们军方也保不了你们。”

“我们把女孩当作人质呢？”

“没用的。你们归还女孩也好，杀了女孩也好，跟特务机构的那些人都没关系。只要他们知道了女孩在这里，不管你们怎么做都会被清剿。这是两国默许的。”

老大的脸色变了。“那我们现在该怎么办？”

“时间恐怕已经不多了，我只能悄悄把她转移到军方的秘密据点去。女孩在哪里？”

“高武麻，把女孩带上来！”老大朝着黑黢黢的地下室喊了一声。

过了一会儿，高武麻扛着女孩上楼来了。女孩的嘴巴里塞着东西，被捆得像粽子一样。

“你们果然很小心啊。”

“没办法，这丫头挣扎得太厉害了。她闹了五个小时，刚刚才安静下来。”

“那我带走了。”队长把卡莉娅扛在肩膀上。

“等等。”队长打开门刚要往外走，老大突然喊住了他。“有问题。既然帝国特务机构也在联邦，那为什么还会让这个女孩走丢？”

老大一边说，一边从怀里掏出手枪。

几乎就在同时，老大的胸口裂开了一个口子。队长的衣服口袋破了一个洞，露出黑洞洞的枪口。老大一句话也没能说出来就毙命了。

“居然骗我们，亏我们当你是朋友！”高武麻向腰间摸去。

“对小孩子使用暴力的家伙从来就不是我的朋友。”

不等话音落定，队长就朝高武麻的脑袋开了一枪。接着，他向地下室发射了几枚小型炸弹，然后带着卡莉娅躲到了门外的墙后。

指挥所剧烈地震动起来，门口喷出灼热的火焰。构成单元的材料非常坚固，小型弹对它造成不了损害。但是地下室里的人们可没有那么坚固，不可能在此种高温高压中存活下来。

队长把卡莉娅嘴里的东西拿了出来。

少女紧紧抱住队长，哇的一声哭了出来。

“没事了，没事了。虽然世界还处在危机当中……”

队长轻抚着少女的头发，“至少眼下可以安心一会儿了。”

“再次确认联邦的位置。”总统命令道。

士官急忙在控制面板上操作起来。

“确认完毕！联邦一直按照预定轨道运行，再过十个小时就要与我们的黑洞会合了。”

“继续观察，”总统的声音里终于透出一丝疲惫，“到最后一刻他们都有背叛的可能。”

一个年轻人走近总统身边。“对不起，可是这样的想法有什么依据呢？联邦的人应该没有那么狡猾吧。”

“那些人从来就没有心甘情愿地屈服，应该一想到我就牙痒痒吧。”

“但是联邦的首相……”

“是‘前首相’。”总统纠正道，“那是个没胆量的人，不敢和我一起成就大事。他只知道和平主义，不断缩减军备。也多亏了他，两国的军事力量才会相差十倍以上。”

“既然如此，不是更不用担心了吗？”

“目前我们国家不是宇宙飞船的状态，而是无数微小的单元组成的集群。如果这时发生战斗，对帝国来说是很不利的。”

“但是，首……前首相不是已经签订条约了吗？”

“联邦境内有很多自称爱国者的叛乱分子。别说是承认条约，哪天把前首相暗杀了都不稀奇。”

“要说叛乱分子，”年轻人从口袋里掏出一把枪来，“其实帝国也有很多。”

“我知道。”总统淡淡地回答。

年轻人扣动了扳机，但是房间里并没有响起枪声。

“混蛋！你什么时候知道的？！”

“一开始就知道了，不过不知道是你。正因为我不知道谁是叛乱者，所以所有要被带入这个单元的枪在检查中都被换成了假的。当然，除了这一把。”总统手中也出现了一把枪，对准了年轻人。

“要杀就杀吧！你的野心不会得逞的！”

“总统，一些单元出现可疑举动！”士官叫道。

总统看了年轻人一眼，年轻人的脸上露出胜利的笑容。

“说明情况。”

“部署在最外围的军事单元当中，有 130 架偏离了预定位置，正在向黑洞靠近。”

“黑洞周围的单元可以进入战斗状态吗？”

“可以，但是如果维持磁场的 21 架单元里有任何一架损坏，一切就都完了。不知道它们能坚持多久。”

“是吗？那就没办法享受观赏战斗的乐趣了。”总统打了一个哈欠，“把叛乱单元都处理了吧。”

“是。”

随着总统的命令，屏幕上出现了许多耀眼的光斑。

想要暗杀总统的年轻人吃惊地看着屏幕。

“反物质的优点在于它的能量密度非常高，所以也非常不稳定。”总统再次将枪口对准了年轻人，“所以只要一个简单的信号，就足以使它爆炸了。”

“太感谢了，真是多亏了您的帮助。”大使紧紧握住队长的手。

“我只是做了我该做的事情，”队长的声音不带一点感情，“请记住，我这么做，并不是因为您或者您女儿的生命有多重要，而是为了避免战争。”

“虽然和贵国谈判的结果称不上理想，但至少不会立刻废除停战条约。要是我的女儿出了什么事，我国就得到口实可以废除条约了。”

“您既然了解潜在的危险性，为什么还要把女儿带来这个国家呢？”

“您想知道原因？”

“是的。在救您女儿时，因为我只有一个人，又要保护孩子，只能将犯人全部杀光。我有权利知道我不得不杀死自己同胞的理由。”

“我在国内属于少数派。”

“什么？”队长露出惊讶的表情。

“简单地说，我并不受总统器重。”

“确实，我知道包括你们总统在内的主战派在帝国占优势，竭力反战的您在他们眼里肯定碍手碍脚。但是，这与您把女儿带来这里又有什么关系呢？”

“绑架我女儿的人想和这个国家的主战派联手，想要在与我的谈判中占据主动，对吧？”

“是的，他们的老大曾经把我当作朋友，确实这么和我说过。”

“我要是把女儿留在第一帝国，也会发生同样的事情。”

“怎么可能！”

“真的。因此我认为，与其把女儿一个人留在帝国，不如把她放在我的单元里来得安全……”

队长叹了一口气。眼前这个人承受的压力比想象的大得多，也许还是做一个头脑简单的主战派来得轻松吧。这个人即便把自己和女儿暴露在危险之中，也在努力避免两国之间的战争。

“大使先生，很快就要出发了。”帝国的士兵对大使说，“距离发射还有三十分钟，联邦方面安排了一个欢送仪式。”

虽说是欢送仪式，但因为这次是非正式的秘密访问，所以参加的人数很少，不包含普通民众。大使在这个仪式上的任务，就是和女儿卡莉娅一起坐在贵宾席上，接受联邦要人的问候，最后起身致谢。

就在仪式结束，他们下台的时候，意外发生了。

“卡莉娅！”一个衣衫褴褛的少年拖着伤腿出现在人群中。

站在远处的队长紧张起来。“谁放他进来的！”

“今天不是公开的仪式，部署的警力不多，所以被他溜进来了。”

“赶快抓住他！”

少年距离大使父女已经不足十米了。

“奇奇鲁！”卡莉娅大叫着跑了过去。

大使伸手要阻止她，但是慢了一步，抓了个空。

大使的三名护卫赶了过来。

“我要把这个给卡莉娅……”奇奇鲁把手伸进自己怀里。

三名护卫闪电般拔出手枪，对准了奇奇鲁。

联邦的士兵们见此情形也一齐举枪，瞄准了帝国的大使和护卫。

“住手！”大使大叫道。

帝国士兵拔枪对准少年，这本来就是他们的任务，是理所当然的行动。谁也不知道少年要拿出来的是什么东西。就算不是武器，也没有时间确认。如果少年的动作再不停止，他们就要开枪射击了。

但是，无论基于怎样的理由，帝国士兵要是在联邦境内击杀联邦的普通公民，联邦士兵都不能坐视不管，他们有理由向大使他们开枪。枪战的结果显而易见：大使这一方全军覆没。而从大使死亡的那一刻起，两国之间的战争也就打响了。

护卫们没有理会大使的呼喊。紧急情况下，他们有权不服从大使的命令。

少年的动作并没有停止，眼看他的手就要从衣服中抽出来了。

士兵们将身体切换为蹲姿，手指放在了扳机上。

枪声响了。

少年的胸口开了一个鲜红的小洞，他慢慢倒了下去。

大使知道接下来就会枪声大作，他拼命向卡莉娅跑去。

卡莉娅还呆呆望着少年倒下前脸所在的位置。

但是，枪声并没有响起。

紧抱着卡莉娅的大使抬起头，打量周围。

帝国士兵的手指还放在扳机上，但没有扣下。

大使再向远处望去。

联邦军警备队长的枪正对着少年，枪口因为射击的热量而发红。

两国的士兵都惊讶地看着队长。

在呆立着的人群中，队长径直走到奇奇鲁身边。他弯下腰，从奇奇鲁怀里拿出了什么。

那是一颗闪烁着鲜红光芒的宝石。

少年抱住队长的头，努力把自己的脸凑上去。

“给卡莉娅……”

奇奇鲁哆嗦着说完这几个字，手一松，不再动弹。

队长站起身，把宝石高举过头顶，说：“这个少年要拿出来的是送给大使女儿的礼物。但考虑到拿出的有可能是武器，所以我射杀了他。此次误杀，我个人承担全部责任，与帝国大使没有任何关系。”

队长把宝石递给卡莉娅，转身就要离去。

“请等一下。”大使叫住了队长，“感谢你再次救了我们。你预感我们的士兵会射杀这个少年，所以抢先一步射杀了他。这样便成了联邦士兵射杀联邦公民，是联邦内部的事，不会波及第一帝国。你的急中生智避免了两国的战争。”

队长向大使摆了摆手。“不管你怎么感谢，这个孩子都不可能活过来了。我一直都把他当亲弟弟一样看待……请告诉我，这个孩子的牺牲可以让战争的爆发推迟多久？”

“也许一个月，也许半年。但是，战争最终还是无法避免的。不过我向你保证：只要活着一天，我就会尽最大的努力推迟战争的爆发。”

“快带着女儿离开这里！”队长的身体颤抖着，抬头仰天，“趁我还有自制力的时候。”

卡莉娅满脸泪水，抱着奇奇鲁的头。“我一定会戴着这颗宝石回来的。我一定要建立一个让小朋友们幸福生活的世界。就像奇奇鲁的姐姐一样，为了最重要的东西，什么都可以去做，即便是肮脏的工作……”

逐渐可以看见民主联邦的飞船了，它与宇宙飞船形态下的第一帝国如同一对孪生兄弟。虽然近看飞船表面凹凸不平、杂乱无章，但远看却有一种自然壮丽之美，就像一座沙子堆成的城池。

民主联邦的单元也像第一帝国那样，慢慢向周围的空间扩散。不久之后，单元构成的雾气中出现了包裹黑洞的保护膜。

“报告，联邦一直在按照预定计划行动。”

所有人都紧张起来。无法逆转的最后阶段终于来临了。虽然利用磁场可以控制黑洞，但那始终是极为困难且危险的。而要同时控制两个黑洞，显然不是正常人愿意冒险尝试的。所以那些叛乱分子的心情可以理解。

在漫天飞舞的无数单元之中，黑洞沿着经过精确计算的轨道慢慢地相互接近，从远处看仿佛是飞舞在迷雾中的两只萤火虫。

随着黑洞间的距离越来越近，两者的保护膜开始相互影响，振动起来。这是预料之中的情况，但这种现象并无规律，不可能被完全预测，所以绝对不能掉以轻心。

两个量子黑洞以共同的重心为中心旋转起来。它们的保护膜延展成水滴状，接触到了一起。接触点上产生了乱流，一圈圈螺旋状的波动向各自的磁场扩散，保护膜的振动变得更加剧烈。黑洞间的距离突然开始收缩，旋转也变得极快，靠肉眼已经看不清了。

“我们面临着两个问题。”总统看着屏幕，慢慢说道，“第一，没有足够的质量让黑洞恢复正常；第二，即使有足够的质量，但把它们一次性投入黑洞的话，会产生无比巨大的能量。”

保护膜炸成了碎片，但黑洞并没有裸露出来。一部分脱离磁场束缚的等离子体并没有获得自由，在重力的作用下成为了吸积盘，包裹住了两个黑洞。因为有两个重心，吸积盘的形状非常不稳定，但能量并没有立刻释放。

“投入黑洞的物质会被黑洞的潮汐力分解并被吸积盘吸收，然后慢慢旋转着向黑洞靠近，在此过程中逐渐升温并释放电磁波。更接近黑洞中心时，带电粒子与磁场便相互作用形成喷流。电磁波与喷流都是飞船的能量源，但要是产生的能量过多，会使保护膜蒸发，导致飞船崩溃。”

吸积盘的中心出现了耀眼的白光。构成保护膜的 42 架单元已经重新组合，构成了一个新的巨大磁场，将两个黑洞连同周围的吸积盘重新包裹在其中。

“我年轻的时候就想到了解决这两个问题的办法，其实不难。第一帝国和民主联邦的技术如此相似，原因很明显：这两艘宇宙飞船原本是同一艘。将量子黑洞作为能源的引擎是相当不稳定的，一艘飞船上只有一台这样的引擎很不合理。如果有两台，其中一台出了问题便可以抛弃。就算像现在这样两台引擎都出了问题，也有办法解决。”

吸积盘剧烈地颤动着。42架单元随之翻腾起来，纷纷偏离了轨道。

“但是几乎没人同意我的看法，有人嘲笑我异想天开，还有人表示就算理论正确也不愿意和联邦合作。就算是不那么激进的人，也觉得联邦不可能与我们合作。要让联邦信任我们，不经过几代人努力是不可能的。但我等不了那么久。战争还在发生，人们还在为了一点点物资争夺，孩子们还在挨饿。而黑洞随时都可能爆炸。所以我不择手段成了政治家，发动了军事政变，将反对我的人全部消灭。我一方面增强帝国的军备，一方面秘密支持联邦内的反战势力。只要拥有了压倒性的军事力量，对方就不得不接受我的主张了。当然，我也一直监视着国内的反对势力，从不忘记把它们扼杀在摇篮之中。”

等离子体白热化了，高频振动着。时常有脱离磁场的等离子体炸开，化作高速移动的云朵，掠过周围的单元。

“拥有足以抑制黑洞失控的庞大质量的东西，恰恰就是黑洞自己。黑洞是无法分割的，所以不会被吸积盘吸收。如果两个黑洞相互接近，它们只会融合在一起。它们融合的时候也会放出相应的能量，但并不是电磁波和喷流，而是引力波。形体巨大的宇宙飞船无法承受引力波引起的时空扭曲，但如果是微小的单元，就能随着引力波振动而免遭破坏。时间到了，各位站稳。”

黑洞周围的等离子体猛然收缩到只有原来十分之一大小。紧接着，黑洞中心迸发出耀眼的七彩光芒，犹如向平静的水面投入了石块，涟漪一圈圈绽放开来。

所有单元都剧烈地振动起来，剧烈到没人能保持站立的姿势，单元里的仪器近一半失灵，很多人受了伤。但好在振动平息了，屏幕中显示的单元们几乎都幸存了下来。

“通知所有单元，”总统从地上艰难地爬起身，跌坐在椅子上，“立刻组合成一艘新的宇宙飞船。损坏的单元由总统办公室的中央计算机评估可回收的部分。”总统顿了一下，深深吸了一口气说：“恭喜各位，我们的世界得救了。”

在两国民众的注视中，总统朝着前联邦政府的中央机构前进。所有前联邦的组织都已经被帝国接管了，所以这不过是走个形式。也正因如此，总统并没有乘坐任何交通工具，只是靠着自己的双腿，慢慢地走在道路的中央。

道路的右侧是帝国国民，左侧是前联邦国民，人们挥舞着旗帜。帝国国民的脸上都洋溢着快乐，而前联邦国民的脸上却表情复杂。这也是理所当然的，因为对前联邦来说，能够摆脱失控的黑洞这把达摩克利斯之剑当然值得庆幸，但随之而来的是祖国被吞并，武装力量尽失，要与昨天的敌人当邻居。

总统的亲信们始终反对总统把自己暴露在民众面前。前联邦的国民本来就非常憎恨帝国总统，帝国内部也有许多人的亲人朋友丧生在总统的枪口之下，恐怕精神正常的人都不会让自己毫无防备地出现在这些人面前吧。然而总统只是微微一笑说："难道你们还认为我的精神正常吗？"

总统向前走着，能清楚地感觉到两侧人群中紧张的气氛。

突然，一个小小的红色身影从前联邦一侧的人群里飞奔出来，径直向着总统跑去。总统身后的士兵们一下子散开，手上握紧了武器。

一个女人尖叫了一声。

红色的身影原来是一个小女孩。她手上拿着花束，脸颊红扑扑的，带着无忧无虑的天真笑容。

帝国士兵们的枪口全都瞄准了女孩的头和心脏。

少女继续向总统跑去。

响起了武器保险装置打开的声音。

士兵们的手指放在了扳机上。

就在这时，总统一个健步跃了出去，一把抱起了小女孩。

枪声响了。不过是士兵当中有人太过紧张，对着地面开了枪。

人群沸腾了。

“那个时候要是也能这样就好了。”总统自言自语道。

“阿姨，这个给你。”女孩把手里的小小花束举到总统眼前。

“谢谢你，我很高兴。”总统轻轻把女孩放回地上，接过了花，“真漂亮。”

“那也是花吗？”女孩指着总统的胸口问道。

“不是，这是宝石哦。因为我到哪儿都戴着这颗宝石，所以被人们称作‘绯色独裁者’。”总统取下宝石胸针，把它放到女孩手里，“这个就当作花儿的谢礼送给你吧。”

“谢谢，但是……”女孩犹豫了，“这个应该是阿姨心爱的东西吧？”

“是啊，不过这样也很好。这颗宝石本来就是联邦女孩的东西，也应该还给联邦下一代的女孩。”

女孩的身后出现了她面无血色的母亲。母亲牵住女孩的手，要把她拉回去。女孩却甩开母亲的手，抬头看着总统问道：“阿姨是很伟大的人吧？”

“不。”总统轻抚着女孩的头发，“我做了许多不可挽回的错事，为了能痛下狠手而封闭了自己的心。所以我一点都不伟大。”总统低下头，绕过女孩，拖着沉重的步子向前走去。

“阿姨！”女孩不安地叫道，“为什么大家都说阿姨要死了？”

卡莉娅悲伤地笑了笑，“不，我是去赎罪。”

她后来怎么样了？

她是好人还是坏人？

△

故事到这里就结束了，她后来怎么样了我也不知道。

善恶是相对的，没办法用一句话断定。

只能说，她坚定地做了自己认为应该做的事。

至于那是善是恶，不是她决定的。

△

○

善恶如果不能由自己决定，那人做的一切不就没有意义了吗？

善恶如果不能由自己决定，那还怎么审判犯人呢？

○

善恶虽然是相对的，但不能不去辨别。

人为了作为人活着，必须遵循人类社会的标准。

善恶是由大多数人决定的。

在人类社会中生活，不能不听大多数人的意见。

如果想作为人活下去的话。

○

△

做自己与做人，

哪个更重要？

△

那是由自己决定的事。

只能由自己决定。

△

○

好的和坏的，

重要的和不重要的，

感觉它们总在颠倒。

○

那么我再讲一个故事吧。

在颠倒的、没有希望的世界里，一个绝望的男人的故事。

他的所失与所得的故事。

○

天狱与地国

卡姆罗迪他们到达的时候，发生过血腥战斗的迹象已经几乎消失了，只有地面上还未冷却的热源星星点点亮着红光，诉说着战斗的激烈程度。

“这帮空贼拿得可真干净啊。”卡莉特伊咂了咂嘴说，“是和咱们拾荒者有仇吗？什么都没剩下。”

“哪里的空贼？”约修亚推测道，“‘阿芙洛狄忒’的家伙做事情不是这种风格，‘宙斯’的位置又不对。应该是‘哈得斯’或者‘赫菲斯托斯’，再不然就是‘盖娅’来的吧？”

“知道是谁又有什么用？”卡姆罗迪怔怔地看着前面，“不管这里是被二十块飞地中的哪帮家伙抢了，我们的工作终归不变，也就是在他们屁股后面捡些剩下的物资罢了。就算有胆子去抢劫飞地，凭我们飞船的燃料也根本追不上。”卡姆罗迪最后愤愤地说，“不管怎样，他们都能靠飞地立于不败之地。”

“不一定吧。”卡莉特伊反对道，“从轨道上飞地间隔的距离看，从前应该有二十四块飞地，顺行的和逆行的各十二块。如今顺行的飞地十一块，逆行的九块，不知什么原因少了四块。”

“卡莉特伊老师又要开始她的古代史课了。”奈特开玩笑道，“接下来就要说大地上方有地国了吧。”

“好了，都别说了。”卡姆罗迪打断了他们，“我们的燃料只够维持两三个星期，要是在这儿补充不了，就得赶快到别的废墟去找。不然就得放弃一艘飞船，让两个人挤在一艘单人飞船的驾驶舱里，吃饭、睡觉、拉屎都形影不离。”

“卡姆罗迪，让我和谁一艘飞船都可以，除了卡莉特伊。我最近确实有点想女人了，但要让我一直听她说那些莫名其妙的话，我可实在受不了。”奈特并没有闭上他那张惹人厌的嘴巴的意思。

卡莉特伊开始回敬他，但卡姆罗迪已经听腻了，关掉了通话器。

每艘飞船都用三枚锚固定在地面上，随后所有人都穿上宇航服，从自己的飞船里爬出来站在飞船的背上，连接锚与飞船的钛合金锁链猛然拉紧绷直。大家仔细检查了锁链的状态和锚的固定情况。如果锚与地面分离或者锁链断了，飞船就会失去平衡，像钟摆一样来回摇晃。运气更糟的话，飞船会坠入星空，等待着坠入者的只有缓慢到来的死亡。

战场上散落的热源看起来就像红色的星星，让人有种天地连在一起的错觉。

卡姆罗迪调整了观测器，切换到红外线状态，视野一刹那变成了白色。观测器马上自动调节到了正常感光度，荒凉的大地在卡姆罗迪头顶伸展开来。

“村子的位置在北边。”约修亚的声音从通话器里传来，“离我们的降落地有两三百米远。怎么办？把锚拔出来换一个地方？”

“不，算了。”卡姆罗迪想了想说，“刚发生过激烈战斗的地方，岩盘往往会松动，找固定锚的地方不太容易，吊着走吧。”

“200 米以上也吊着走？”奈特问。

“怎么，你一个年轻人还有意见？要不你留在这里看着飞船好了。”

“怎么会！我没有意见。只要眼睛能看到的地方，我都没问题。可是那个女人的胳膊大概受不了吧。”

“不用你操心。”卡莉特伊宇航服的指尖弹出几十厘米长的金属爪，射到头顶正上方。顶部的探测器自动寻找到岩石的缝隙，改变外形嵌入了进去。

“别把时间浪费在说话上了，快点行动。”卡姆罗迪也出发了。

宇航服是用分量很轻的材料做的，不过即便如此还是有 40 千克。双臂的爪子一起嵌入岩石当中的时候还可以承受得住，可是前进过程中不得不用一只爪子吊住全身的重量，更要命的是连休息时都只能保持双手抓住大地吊挂的姿势，因此前进十几米他们就已经满身大汗了。虽然宇航服的关节处本身都有辅助运动装置，但他们拿到这些宇航服的时候装置就无法启动。他们无法判断装置是坏了还是缺少保养，更不知道要怎样让它们恢复运作。这些装置分量很重，但是他们当然也不知道如何在不影响宇航服功能的前提下把它们拆掉。

“差不多……快到……一半了吧？”五分钟之后奈特已经连一句话都说不完整了。

“早着呢。”卡莉特伊开玩笑说，“才走了 30 米啊。其实我早就想走得再快一点，都是为了等你，反倒累死了。”

从通话器里听起来就知道，卡莉特伊虽然话说得轻松，其实也快要不行了。卡姆罗迪觉得自己可能做了一个错误的决定，有点后悔。他无意中往下看了看，正好看见一块飞地由东向西从下方通过。

“那块飞地是？”卡姆罗迪问。

“等等，我查一下飞船的数据库……哦，那个是‘波塞冬’。”

“用望远镜找找，应该正好可以看见它们回去。”

五个小小的光点慢慢靠近飞地。攻击地面的时候很简单，只要上升就可以了，而返回飞地这种小目标的时候必须谨慎许多。卡姆罗迪看见光点间隔着一个接一个被吸进了飞地里面。

“是他们袭击了这儿吗？”约修亚的声音里带着一股怒气。

“不知道。”卡姆罗迪在宇航服里摇摇头，“听说空贼从飞地出发到抵达攻击目标需要两天左右，但回去要多久就不知道了。好像为了等待合适的时机，有时候要围着世界转上好多圈。”

空贼出击分为两个阶段。如果他们的据点——直径10千米左右的飞地——是顺行的，就要以631万千米的时速飞过深度5万千米的轨道；如果是逆行的，就要以616万千米的时速飞过深度7万千米的轨道。空贼必须先上升到地面附近，并在接近地面的同时对准南北方向，这一阶段可以在一个半小时到两小时内完成。上升结束之后进入减速阶段，这个阶段大约需要两天的时间，减速结束之后就是战斗和掠夺了。当然，一开始出发的时候就要计算好时间，以便在完成减速的时候刚好到达掠夺地点。

但是，返航可就没有这么简单了。要是能在完成加速的时候刚好到达飞地正上方当然是最好的，可实际上空贼一旦结束掠夺，为了避开村里残余兵力的反击或者邻村的增援部队，他们会尽早离开掠夺地点。因此，当他们加速到接近飞地的速度之后，需要花费很多时间调整速度，以便能准确地到达飞地的正上方再下降。

一行人用了一个半小时才到达废墟的中心附近，所有人累得几乎连话都说不动了，只有奈特不时用嘶哑的声音发出恶狠狠的恐吓。

“总算是到了。”约修亚说，“我们是不是要抱着捡到的东西从来时的路回去？”

“不可能，在这里简单搭个帐篷作为临时基地吧。把东西都集中到这里，然后派一个人回去把飞船开来装吧。反正不需要多长时间，不下锚应该也没问题……”卡姆罗迪忽然停住了，“什么声音？”

“声音？”约修亚回答道，“有声音吗？”

“我听见了。通话器里有什么东西裂开的声音，很轻，大概是噪声吧。”

“不是，很大的声音，”卡姆罗迪纠正道，“不是通话器里的。”

“不是通话器里的声音？”约修亚严肃地说，“那可能是地面的振动，或者是你宇航服内部的声音。你发现有什么奇怪的现象吗？”

卡姆罗迪感到背上发凉。假如真的只有自己才能听到这个声音，那它是从地面传来的可能就很低了。也就是说，这声音就是从卡姆罗迪的宇航服里发出来的。卡莉特伊听到的声音说不定是从卡姆罗迪的通话器里传过去的。

“我知道大家都很忙，不过还是请帮我一下。”卡姆罗迪努力保持冷静，“看看我的宇航服外面有没有不对头的地方。”

“没必要啦。”奈特似乎连说话都很困难。

“到底有没有问题啊？”

“之前我也求人帮忙看过，”约修亚轻快地说，“那个人让我先做 30 秒的深呼吸，然后才告诉我。”

这是个好办法也是个坏办法。如果还有 30 秒钟的余暇，那就不能算是迫在眉睫的危险；如果连 30 秒的时间都没有了，那再怎么急也没有用。卡姆罗迪索性不再多想，照着约修亚说的开始深呼吸。

“好了，深呼吸完了，告诉我吧。”

“你的观测镜上出现了裂纹。”约修亚的声音更加轻快了。

卡姆罗迪足足尖叫了一分半钟。

“接下来怎么做？”卡莉特伊等卡姆罗迪尖叫完之后问道，“你要是叫够了，就接着指挥吧。你要是还没叫够，只是想换口气继续叫，就让其他人来接替你做队长。”

“对不起……我确实被吓了一跳，不过我想我还可以继续当队长。”

“还是回去吧。”奈特发表意见说，“观测镜在真空里裂开的话可撑不了几分钟。”

不是几分钟，是几秒钟。卡姆罗迪刚想这么回答的时候，可怕的声音又一次出现了。这回卡姆罗迪自己也清楚地看到视野被分成了上下两个部分。

“已经没时间了。”卡姆罗迪回答，“这附近有没有能进入地里的入口？”

“磁场探测器显示，北边 3 米左右有一个很深的洞穴。”卡莉特伊的语气毫不紧张，“很可能是入口。”

“村子的规模再小，一两件宇航服总是有的吧。不管怎么样先去找找看。”

“就算找到了又能怎么样？”约修亚的声音终于带上了一点严肃，“你知道使用方法吗？就算知道，你又打算怎么更换？”

“尽力而为吧。大多数宇航服应该都有自动化的部分。更换嘛，就在真空里换就是了。速度够快的话，大概还是能活下来的。”

“胡说八道。就算在正常气压下脱一件宇航服都需要一分钟以上的时间，更何况是真空……”

“没时间讨论了，先动起来再说。”卡姆罗迪打断了他，开始往北移动。

其他三个人也跟着行动起来。

到达洞口后，卡姆罗迪一只手吊着身体，用另一只手手背上的灯往里照。直径 1 米的入口往上大约 30 厘米都是天然的岩石，再往上，洞穴的内壁就变成了光滑的材质。洞穴最顶端距离地表大约 5 米。内壁上有无数小突起，看起来应该可以爬上去。

“你们觉得这个洞是干什么用的？”卡姆罗迪问。

“洞底这么高，肯定不是排气口，”约修亚说，“大概是村里人的出入口，本来应该有岩石遮盖，可能是在空贼的攻击中被掀掉了。”

“怎么才能进入地里的建筑？”

“现在不好说，先进洞穴里仔细检查一下。”

卡姆罗迪的上半身已经钻到洞里了。卡莉特伊和约修亚跟在后面，最后是奈特。

“看，”约修亚指着内壁上的文字，“气闸室入口。”

“能打开吗？”

“我查查看。”约修亚把周围的图像传送到计算机，开始在数据库中搜索。“没有完全一样的构造，不过同卡利斯托 P-301 型的气闸室比较接近，相似指数为 71。”

“这样的话没有钥匙卡就打不开啊。”卡莉特伊说。

“不行？”卡姆罗迪的声音有点慌。

“我以前见过这个。”奈特追上了大家，“门边上的墙里应该埋着电路板，把其中四块拔下来，让里面的电路短路，门就可以打开了。”

奈特一只手吊着身子，另一只手在门周围摸了一会儿，然后从腰上的工具箱里拿出激光锯，犹豫了一会儿，在墙上切开了一个30厘米见方的口子，切下来的板立刻掉了下去。卡姆罗迪看着掉下去的墙壁碎片，它从洞里掉出去后下落速度越来越快，很快就看不见了。

墙后露出十几块电路板，奈特的手在上面犹豫不决地来回摸了几秒钟，然后像是豁出去了似的选了其中四块拔了下来，电路板也立刻掉了下去。

卡姆罗迪慌忙伸手去抓，可是没抓到。

“别扔啊！万一拔错了怎么办？”

“反正就算拔错了也没时间改正。”奈特微微一笑，把导线接到了一起。

什么都没有发生。

卡姆罗迪怒吼起来。

就在这个时候，卡姆罗迪的观测镜裂了。他急忙张开嘴巴增加肺内压。伴随着嗖嗖的声音，宇航服里的空气掠过卡姆罗迪的脸颊迅速向四周扩散。有那么一瞬间，卡姆罗迪有一种什么都没有发生的错觉，但随即出现了可怕的征兆：眼睛干涩得难以睁开，鲜红的血雾从肿胀的口中喷出，全身的皮肤都剧烈地疼痛起来。

惊慌的卡姆罗迪竟然试图在真空中呼吸。他肺里的空气喷射到真空中，连心脏都要从嘴里跳出来了。虽然真空中不可能有任何声音，但他的耳朵里却响起连绵不绝的爆炸声，那是他全身血液沸腾的声音。

气闸室的门开了。

卡姆罗迪想要冲进去，但是手脚僵硬，说不出话来，泪水开始沸腾。他不顾一切地把磨磨蹭蹭的奈特撞到一边，滚进气闸室里。约修亚伸手抓住掉下去的奈特。卡莉特伊跟着跳进门里，四下扫视了一圈。卡姆罗迪站不起身，只能双膝跪在地上，全身喷出的污物和体液立刻蒸发在了真空里。约修亚和奈特也冲了进来，两个人喘着粗气，约修亚晃着奈特的肩膀在说些什么，奈特摇着头。卡姆罗迪的视野逐渐碎裂、变形、残缺，他隐约看见墙壁上排列着按钮和开关。他忍着全身关节火烧般的疼痛拼命拍打开关，约修亚抱住他的身体也阻止不了他。

入口关上了。

约修亚放开卡姆罗迪，卡姆罗迪随着惯性一头撞在墙上，向后摔倒在地。他想重新站起来，但地上都是自己的体液，滑溜溜的爬不起来。而且气闸室里似乎也没有空气，于是卡姆罗迪放弃了挣扎，仰面躺在地上听天由命。他全身的皮肤都紧绷着，撕裂一般的剧痛包裹着他。

但是死亡一直没有到来。卡姆罗迪和恐惧战斗了好几分钟之后忽然发现了这一点。他冷静下来看看周围，发现三个伙伴都担心地盯着自己。卡姆罗迪想用动作示意他们赶快给自己空气，但关节不听使唤。三个人互相看着，似乎在说什么。

终于，约修亚像是忽然想起什么似的，把头盔取了下来，让自己的头部暴露在“真空”里。接着，卡莉特伊和奈特也取下了头盔。

约修亚在“真空”里对卡姆罗迪说着什么，卡姆罗迪什么都听不见。他试图回答约修亚，但嘴里出来的只有咳嗽声和血沫。

卡莉特伊把手伸到卡姆罗迪的脑袋后面不知道做了什么，他感觉后脑勺接触到了一个硬硬的东西。

“我在用通话器的骨传导模式和你说话。听到的话，举一下右手。”卡莉特伊的嘴唇动了起来，卡姆罗迪的头盖骨里同时响起了她的声音。

卡姆罗迪把右手抬起了一厘米。

这些家伙在干什么！什么事情比给我空气还重要？

“已经没事了。刚刚情况的确很糟糕，不过现在已经到了有空气的地方了。”

什么？有空气？

卡姆罗迪动了动疼痛无比的脖子和眼珠，往地上看。虽然污物和血液还在往外流，但是已经不再沸腾了。他全身剧痛，耳朵里的鼓膜可能受损了，所以才什么都听不见。但这里确实不是真空了。

卡姆罗迪晕了过去。

醒过来的时候，卡姆罗迪发现自己全身赤裸，周围弥漫着恶臭。

“你们把我扒光了做什么？”卡姆罗迪突然注意到自己可以说话了，吃了一惊。

“多亏了我们三个妙手回春，把你救活了。”黑色的肌肤、白色的牙齿、结实的肌肉，面前的巨汉正是约修亚，“你的命可真硬啊。”

“只是比较顽强罢了。”卡姆罗迪笑着想要爬起来，但是突如其来的痛苦让他的脸都变了形。

“还不行哟。虽然你全身上下没有大的伤口，但内出血严重，内脏估计也受了不小的损伤，可惜我们在这里什么都做不了。不管怎么说，你先静养十天，然后我们再决定怎么办。”

最坏的结果是在内脏受损的情况下进入天狱。算了，真到了那个地步也没办法。

可是怎么会这么臭？耳朵坏了，嗅觉就变灵敏了吗？

“臭死了。”卡姆罗迪对约修亚说，“这里是排泄物处理场？”

“不是。这里可能是个避难所，为了方便进入建在村子中央，有最低限度的生命维持系统以及一点水和食物。不过村里的人似乎没能用上这个地方。空贼的攻击太突然了，来不及逃到这里。至于你说的臭味……”约修亚伸手搓了搓自己的肋部，然后把手凑到卡姆罗迪的鼻子下面，上面粘着焦黑色的油状物。“是我们的体臭。你好多年都没有闻到过别人的体臭了吧，而且我们一直没洗澡。”

“喂，拿开。”卡姆罗迪反射性地推开约修亚的手，结块的油污飞散开来。

卡姆罗迪看看自己的身体，皮肤上也沾满了污垢，除此之外还有刚才从体内喷出的血液和污物，恶心极了。“‘洗澡’是什么东西？”

“洗澡就是用温水把身体洗干净，还能让人暖和起来。”

“怎么会有这么奢侈的风俗！”卡姆罗迪惊呆了。他小时候只分配到了10升水，那些水被循环处理喝了无数次。他想起了自己把尿撒到管子外面时母亲震怒的样子，他还因为这件事被罚两天不能喝水。

“我们村子附近刚好有一条含水硅酸盐的矿脉，水很充足，但维持生存的能量不足，3平方米的房间里挤着8个人。那时候每月一次的洗澡就是唯一的乐趣了。”约修亚的目光望着远方。

“我不是在开玩笑！”一个可以被称为少年的年轻人正对着一个中年女人吼道。年轻人很瘦，皮肤脏却很白，女人身材丰满，皮肤是金色的。“那家伙差点杀了我，而我刚救了他的命！”

看起来像是奈特和卡莉特伊。上一次看到他们的真正模样是多少年前了？虽然一直在一起行动，但他们的脸平时都被飞船和宇航服挡住，很难见到。

卡姆罗迪现在才终于注意到其他队员也都全裸着。当然，只要脱了宇航服，自然就全裸了。

卡莉特伊看起来正在说服奈特。“冷静点，你也知道那时候没有别的办法，再晚一点他就真的死了。”

“生什么气呢？”卡姆罗迪尽可能平静地问。

“你问我生什么气？”奈特唾沫横飞，“忘了自己干的混账事了？你差点把我撞到天狱去了！”

“我撞你？”虽然记得不是很清楚，但自己情急之下好像确实撞了谁，“哦，对不起，我不是故意的。”

“你觉得我死了也没关系？”

“我发誓，我绝对没有那个意思。”

奈特狠狠地瞪了卡姆罗迪好一会儿。“好吧，这回就算了。不过，”奈特指着卡姆罗迪的鼻子说，“再发生一次这种事情，你就别当队长了。”他说完猛地转过身子背对着卡姆罗迪。

“这个村的技术水平是哪一级？”卡姆罗迪像什么都没发生过一样问卡莉特伊。

“计算机对照数据库推测的结果是 B+。”

卡姆罗迪吹了一声口哨。“至今为止遇上的最高级嘛。这村子里应该有不少有价值的东西，就算我们的飞船用不上也可以拿去别的村子换燃料。”

“关于这件事，在你昏迷的时候我们已经讨论过了。你觉得在这里休整一段时间怎么样？”约修亚说，“那种以船为家、四处捡破烂的事情我们实在不想再干下去了，把这里当作我们的村子应该也挺好。这个避难所有地热发电装置，我算过，它可以提供足够我们四个人用的能量。而且这个村子刚被攻击过，再次被攻击的可能性很小。”

“但是万一被攻击的话就会立刻完蛋。”卡姆罗迪皱起眉头，“其他两个人的意见呢？”

“我赞成。”奈特好像很高兴，“这个避难所一共有十个房间。我们一个人住一间，还有六间空着。停止给这些空房间供应热与光，我们应该能过得很舒服。我原来的村子里每个星期只能用一个小时的灯，在这里哪怕一直开着灯也没关系，多好啊！”

“我赞成，但有条件。”卡莉特伊虽在几个男人面前赤身裸体，却依旧挺着胸，没有一丝羞怯，“我在这里最多住一个月。再长的话，即使你们都不走，我也会一个人离开的。”

一个月的时间足够调查这里的数据库了。

卡姆罗迪闭上眼睛想了一会儿。

约修亚和奈特的意见确实有道理，完全没有必要执着于飞船内的生活。相比之下，倒是卡莉特伊的主张不太说得过去。她为了探索地国，坚持拒绝长期定居，未免太固执了一点。况且地国仅仅只是个传说啊。应该同意哪边的主张显而易见，但是……

“我知道了。那就照卡莉特伊说的，先在这里住一个月。”

“为什么只住一个月？”奈特争辩道。

“听我说完。我们先在这里住一个月看看，如果这一个月里没有发生任何问题，那么再考虑长期定居的事。”

“我是要离开的。”卡莉特伊说。

“你如果真的要离开，没有人会阻拦。不过你也清楚，一个人行动是相当危险的。”

卡莉特伊点点头。“我知道。不过与其留在这里放弃探索地国，我宁愿选择死亡。”她的眼里闪过一丝悲伤。

除了睡觉的时候，卡莉特伊几乎总是在操作避难所里的计算机。

时常会有男人过来看看她的情况，但她几乎不接话。今天卡姆罗迪喝着酒，躺在卡莉特伊身后看着她的背影，但她没有一点注意到有人的样子。

卡姆罗迪想：一天 46 个小时都面对着一个不是家人的裸体女人，我可没办法一直保持冷静。她难道就没有任何感觉？难道卡莉特伊从一开始就没有穿衣服的习惯？不像我出生的村子，为了节约能源，温度一直在冰点之下，不得不穿着厚衣服。

“果然是这个！”

卡莉特伊突然叫了起来。卡姆罗迪吓了一跳，玻璃杯差点摔落在地。

“别吓人啊。”

“你在这里啊。”卡莉特伊好像确实一直没注意到卡姆罗迪，“身体怎么样了？”

“托你的福，一切正常。不过是每天撒些血尿，拉些血便，吐个五六次罢了，一时还死不了。”卡姆罗迪满不在乎地说，“你发现什么了？”

“这个村子里流传的传说和世界各地的传说有不少共同之处。看，这个地方翻译过来就是……”屏幕上奇形怪状的符号转换成了可以理解的语言，卡莉特伊一边指着一边读道，“‘古代，人类居住在球形世界。球形世界具备由外向内的重力，因此人类可以用双脚在地面上行走。’”

老掉牙的故事。用一个荒诞无稽、耸人听闻的描述作为开头，是神话传说的一贯套路。这样的开头既可以吸引听者的注意，又可以让孩子们听出这是个虚构的故事，不要太过相信。

“‘后来，世界上所有地方都住满人的时候，人类便造出了一个新的世界。那是个重力由内向外的世界，人们头朝着中心，脚向着外面，踏上了新的大地。’”

“完全说不通。既然脚朝着外面，怎么可能踏上大地嘛。”

“‘但是，新世界里起了纷争。伴随着血与火，残酷的战争持续了无数个世纪。终于，战败者与厌倦了战争的人们，逃离了那个世界。他们穿过大地，由地国逃向天狱。’这个地方不同的村子记录略微不同，有的村子说是人们把罪人驱逐出了地国，赶向天狱，罪行最重的人被关在距离天狱最近的飞地里。”

“这个说法倒是很有趣。”

“有趣？这可是真的。”

“如果这是真的，那这个世界由内向外的重力是人类创造出来的？创造重力这种事情人类能做到吗？”

“创造重力又不是什么难事，利用离心力就行了。”

“你是说由惯性产生的力吧。可咱们的世界是在旋转吗？”

卡莉特伊点点头。“大约 12 天 14 个小时一周。”

“证据呢？”

“间接的证据是星星在旋转。星星总是在东边的地平线沉下去，穿过下面的空间，再从西面的地平线上升起，然后消失不见。假设星星是不动的，那就是地面在旋转了。”

“但如果假设地面是不动的，岂不就是星星在旋转了吗？这种相对运动不足以成为证据啊。”

“直接的证据当然也有，那就是科里奥利力。”卡莉特伊似乎早就料到了卡姆罗迪的反驳，飞快地在终端上操作起来。很快，她的脚边出现了立体图像。那是一个旋转着的红色圆盘，直径一米左右，一秒转一圈。卡莉特伊伸手指向圆盘的中心，指尖的位置出现一个虚拟的白色小球。她做了一个弹的动作，小球慢慢滚动起来，沿直线飞出了圆盘边缘。

“怎么样？”

“没什么特别的地方啊……”

“我把小球涂上墨水再来一次。”

一颗黑色的小球出现在圆盘中央，卡莉特伊又是一弹，这次小球在圆盘上留下了黑色的轨迹。小球虽然是在笔直地前进，但是由于圆盘的旋转，它的轨迹是螺旋状的。

“对于和圆盘一起旋转的观测者来说，小球是从中心以螺旋状的轨迹离开的。”

“也就是说，在旋转的坐标系中，物体的移动方向似乎受到某种力的影响而发生偏移，这种假想力就是科里奥利力？”

卡莉特伊点点头。“这种力对朝东运动的物体是向下的，对朝西运动的物体是向上的。换句话说，朝东运动的物体会越来越重，朝西运动的物体会越来越轻，下落的物体会向西偏，上升的物体会向东偏。”

“实际情况真是这样的吗？”

“当然。”卡莉特伊笑了起来，“有机会可以做个实验给你看。扔一个信号发生器下去，下落一万米我们也可以接收到它的信号。如果存在科里奥利力，那么信号发生器虽然是在笔直地下落，但在落到一万米的时候，应该会向西偏 18 分。”

“下落一万米需要多长时间？ 18 分又是多长距离？”

“时间大约是 24 分钟。18 分相当于 50 千米左右。”

卡姆罗迪心算了一下。“确实如此，不过测量精度似乎不够。18 分还不到 1 度的三分之一，这么小的角度很难排除误差。”卡姆罗迪举手制止卡莉特伊的反驳，“但我不是要和你讨论数值观测的问题，比起这个，你是不是忘了更重要的事？”

“更重要的事情？”

“照你的说法，远古时期人类居住的世界重力是指向中心的。那么，那种重力也是由旋转产生的吗，或者是和形状有关？要是那样的话，空贼居住的飞地也是球形的，按理说应该有同样的重力产生，可为什么没有呢？”

“这个……”卡莉特伊支支吾吾起来，“肯定还有什么我们不知道的原理，比如和大小有关。”

“到最后就归为‘我们不知道的原理’，那岂不是你怎么说都行？”

“你的话才自相矛盾呢。”卡莉特伊生气了，“你刚刚还不相信这个世界的重力是由人类创造出来的，怎么现在又开始讨论远古世界重力产生的原因了？”

“我可没有自相矛盾。这个世界由内向外的重力，是你和我从出生至今每天都在亲身经历的事实。虽然我们不知道它产生的原因，但这个事实总是无法否定的。相反，远古球形世界由外向内的重力只不过是个神话传说而已，要让人相信它，必须有完善的理论。”卡姆罗迪不慌不忙地说，“卡莉特伊，你的想法并不是自成体系的理论，你只是在相信一个神话，一个地面之上存在地国、你的女儿至今还在那里生活的神话。”

卡莉特伊加入拾荒者小队大约是在十年前。

卡姆罗迪他们到达废墟的时候，正好看见下方的天空中有一艘飞船像没头苍蝇似的来回乱飞，那里面就是卡莉特伊。

那个村子和大多数村子一样，有物资不足的问题。虽然村子的能量理论上足以维持生命，但那只是针对儿童的能量消费而言的。随着年龄的增长，能量消费会逐渐受到限制，村里的人一旦过了 50 岁就会面临冻死、饿死的命运，没人能活过 70 岁。

即便如此，直到那一天来临之前，她与家人仍过着幸福的日子。那样的日子在一瞬间被摧毁了。不明身份的敌人突然出现，对村子发起了攻击。

卡姆罗迪他们认为袭击村子的当然是空贼，只不过不知道是哪里的空贼。但卡莉特伊坚持认为袭击者不是空贼。

“我知道空贼的飞船是什么样子。空贼的飞船虽然强化了战斗系统和推进系统，但基本结构还是和我们的一样，都是磁动力飞船。但袭击我们村子的不是，而是一些庞大无比的飞船，其中比较小的都有两三百米，大的能有一千米以上。每艘飞船的形状都不一样，看上去像是把人类、昆虫、爬行动物身上最怪异的部分组合到一起似的，简直就是噩梦里才会出现的形状，就像有什么邪恶的生物寄生在飞船上一样。”

当然，这完全是卡莉特伊的记忆被痛苦和仇恨扭曲的结果。

村里的防卫队一开战便被消灭殆尽，只有她的飞船虽然被打得失去了控制，却没有被击落。也许袭击者看到她的飞船在半径几千千米的范围内无规则飞行，认为她已经无法战斗，便没有进一步攻击，直接去劫掠村子了。这确实是空贼的行事风格，没必要消耗的能量决不浪费。

但是，卡莉特伊声称，从她当时亲眼所见的情况来看，那不像是空贼的行为。她说那些飞船中的一艘把非战斗人员——当然，也包括卡莉特伊年幼的女儿——躲藏的避难所整个吞了进去。

“如果那东西就是一只怪物，那被吞下去的人大概都已经没命了。但是，如果那东西是机器的话，村里的人，还有我可爱的艾莉柯特，很可能是被运去了那些家伙的国家，说不定现在还活着呢！”

不规则飞行的飞船上，传感器很容易产生错误信号，再加上观测者的精神状态不佳，很可能看到某些没有发生过的事情。另外，空气中含氧量下降也会使人产生幻觉。传说空贼之所以无所畏惧，是因为飞地上长期氧气不足，使他们一直处在幻觉当中。

但是，卡莉特伊完全听不进卡姆罗迪他们的话。

获救之后，卡莉特伊便开始研究各地的神话传说，试图证明自己看到的不是幻觉。她说怪物从北方飞来又飞回北方去，而空贼应该由东来向西去，往北去意味着他们要越过北边的极限。

这个世界的北边磁场紊乱，飞船往北超过一个极限就根本无法飞行。但卡莉特伊相信南北两端都存在通向地国的入口。在她的心里，女儿艾莉柯特至今还在地国里活着。

“不是神话，是事实！”卡莉特伊焦躁地说，“在这个世界上，不管哪个村子都流传着同样的神话，这就是证据。”

“那么也真的有天狱这个地方喽？”

“天狱象征着我们脚下的无限真空，或者是为了说明空贼的起源而虚拟的。”

这个看法有道理多了。卡莉特伊本来就是个逻辑性很强的人，遇事冷静，可是为什么一牵扯到女儿就变得这么冲动呢？她应该注意到关于天狱的解释也可以用来说明地国呀。

卡姆罗迪不禁有些同情卡莉特伊。

他默默搂住卡莉特伊的双肩，将她拉到自己身边。多年来的苦痛在卡莉特伊的脸上刻下了深深皱纹，一股不知道是体臭还是口臭的气味扑面而来。

真臭啊，卡姆罗迪心想，不知道是因为自己的鼻子太敏感，还是因为卡莉特伊太脏了。不过闻着自己的体臭过了这么多年，能闻到女人的体味也不错。慢慢习惯了这种气味之后，说不定也可以成为一种生活乐趣。

“卡莉特伊，”卡姆罗迪温柔地说，“我们住到一个房间去吧，这样既能节省能源……”

卡莉特伊的身体猛地绷直、发烫起来，双眼放出怒火。卡姆罗迪吃了一惊，不禁放开了她的肩膀。

“卡姆罗迪，你也这样？！”卡莉特伊恨恨地说，“我真不明白，为什么男人就会不停地发情！把我当成小女孩了是不是？”

“不，不是。我不是那个意思……”

那我是什么意思？卡姆罗迪暗暗地问自己。

“不要再说了。我需要冷静一下。”卡莉特伊沉默了一会儿，像是在思考什么，“我要回飞船上去。”

卡姆罗迪急忙要阻止她，卡莉特伊却笑了起来。

“我可没说不回来了，只不过暂时离开避难所几天。不然的话，这里肯定会发生不理智的纷争。从这里往北大约 100 千米还有一个热源，可能是空贼攻击留下的痕迹，也可能是这个村子的卫星地，要不然就是另外一个村子。不管是哪种情况，总会有些有价值的东西，我想去那里调查一下。”卡莉特笑着用食指戳了戳卡姆罗迪的脸颊，转身离开了房间。

“卡姆罗迪，你也这样？！”——卡莉特伊确实是这么说的。

可恶，不能对约修亚掉以轻心啊。

卡姆罗迪出生的村子在他 10 岁的时候就被夷平了。

空贼逐个摧毁村子里的设施，在这种绝望的境况下，卡姆罗迪的父亲刚给卡姆罗迪穿上宇航服，就被一艘撞上地面的飞船炸飞了。周围的空气一瞬间变成了火焰，下一瞬间卡姆罗迪便身处真空之中。

磁动力飞船在减速的时候，绝不会将珍贵的动能白白浪费掉。地表人会在飞船减速的同时利用飞轮将动能储存起来，等到加速的时候再使用。但空贼的飞船是从 600 万千米的时速开始减速的，要储存这种爆发性的能量，飞轮之类的装置根本做不到。地表人不清楚空贼用的到底是什么方法，大概是通过合成超重元素来储存能量。总之，空贼的飞船减速时，每吨重量都具有 1.5 拍焦[1]的能量，总能量可以同核武器相提并论。此外，空贼们发起攻击时总喜欢擦着地表飞行，这不单是为了躲避雷达的侦测，也是为了让对方难以反击。这样一来，村里人只能瞄准飞船的推进器攻击，来让它们失去动力掉落到天空中去。

但是那艘被击中的飞船却头朝上撞到了地面。

不知过了多久，当卡姆罗迪醒来的时候，周围已经一个人都没有了。

墙壁、地面、天花板全都像化掉的糖一样扭曲变形，四处散落着木炭一样的东西，那难道就是村民们的遗

---

1 拍焦：10 的 15 次方焦耳。

骸吗?

卡姆罗迪一动不动地躺在原地，打算一直躺到生命维持系统停止运转为止。无论如何，他一个人是不可能活下去的。

就在这时，一艘小型飞船一头扎进地面。卡姆罗迪的心脏猛地一紧，但来的不是空贼，而是一支拾荒者小队。

拾荒者并没有帮助卡姆罗迪的义务。他们的队长问卡姆罗迪，是打算干净利索地死在这里，还是希望在饥饿与恐怖中艰难求生。而且他要明白，拾荒者小队里没有孩子，如果拖他们的后腿，立刻就会被抛弃。

卡姆罗迪选择活下去。

他和队长一起坐进单人驾驶室里。离开的时候，他看到村子里有一个火山口般的巨坑。

“地面上有一个很大的火山口。”

卡莉特伊的声音从无线通话器里传来，将卡姆罗迪从神游的状态中唤醒。自己有多少年没去回忆从前的事了?今天怎么会突然想起那些往事?

“热源的中心与火山口的中心一致。”卡莉特伊继续冷静地报告着她的发现，“目前温度在缓慢下降。我再接近一些，从它的正下方进行观测。”

三个人注视着卡莉特伊拍摄的实时影像。火山口的形状差不多是一个完整的圆形，内部像镜子一样光滑。这是急速融解与凝固的结果。这个地方的岩盘大部分应该在爆炸的同时气化或者液化，又或者直接以固体的形式散落入天空了。

卡莉特伊的飞船又向火山口靠近了一些。远看光滑如镜的表面上，逐渐显现出一些细小的波状纹路。

“这到底是什么东西？”卡莉特伊疑惑地说，“我从来没见过这种情况。不管这里原来是什么，在经历过这种规模的爆炸之后，什么也不会剩下。”

卡姆罗迪意识到自己以前见过这样的火山口。他刚刚下意识地回想起自己的过去，大概也是因为看到了这个火山口的缘故。

影像的一角，一块小石头从火山口的表面掉落下来。

“你看，空贼的飞船撞上地面爆炸时就会留下这样一个圆形大坑。”

“空贼的飞船经常爆炸吗？”

“不算经常吧。算上这一次，我是第三次看到这种爆炸坑。”

“那也不算罕见喽？”

“可以这么说。”

“那世界上以后会到处都是这种坑吗？”

“不，火山口的寿命并不长。”

“为什么？真空中的东西不是几乎不会变化吗？”

“这个世界是建立在微妙的平衡之上的。懂吗？”

“不懂。”

“不懂就不懂吧，反正就是有那么一种平衡，一点微小的变化就足以破坏它。比如爆炸产生的火山口就会让世界逐渐失去平衡，然后在一瞬间内崩溃。”

“叔叔，我害怕。”

“所以，世界会自己排除这些不稳定因素，以恢复到平衡状态。整个世界是一个巨大的智能体系。看，它开始了。”

“卡莉特伊，快离开那里！”卡姆罗迪大叫起来。

约修亚和奈特吓了一跳，奇怪地看着他。

“怎么了？”卡莉特伊问。

“危险！”卡姆罗迪急躁地说，“别废话了，快离开那里！”

“我需要一个合理的解释。”卡姆罗迪的语气好像惹得卡莉特伊生气了，“我好不容易来到这里，不想空手回去。”

“排除开始了！”

“排除？”

“爆炸导致的内部结构扭曲和持续开裂会造成磁场紊乱。为了维持稳定，火山口周围的岩盘会被排除。”

“推进器启动！”卡莉特伊立刻反应过来，对飞船下达了指令。紧接着通话器里便传来磁力推进器特有的嗡嗡声。

离开危险区域几秒就够了。卡姆罗迪长长出了一口气，正要瘫坐到座位上。

“不行！”卡莉特伊叫道，“磁场突然剧烈变化，无法控制飞船。现在保持静止都很困难，别说移动了！”

“下降！离岩石越远越好！”

“明白，我试试看……”卡莉特伊的声音停顿了一下，“目前距离火山口表面 50 米，很难继续下降。操作稍有失误，就会彻底掉下去。”

“加把劲。能用喷射引擎吗？”

“我没用过，应该可以启动。但是离地表这么近，用它等于是自杀啊。”卡莉特伊的语气里带上了一点责备，“你为什么知道火山口的事情却不早说？”

“我忘了。”卡姆罗迪咬着嘴唇，“对不起……”

“得了，以后再忏悔吧。不过我要是能活着回去，也不想听你道歉。我会先把你的舌头割了，再把眼珠子挖出来……”通信突然中断了。

“卡莉特伊，怎么了？！”

“地面开始摇晃……飞船在打转……”

“关掉磁力推进器，下降 1 000 米之后启动喷射引擎！”

“……无法控制……只靠喷射引擎……动力不够……”

“卡姆罗迪，冷静点。”约修亚用力摇晃着卡姆罗迪的肩膀，“喷射引擎只是磁动力的辅助，只靠它对抗不了重力。”

卡莉特伊那边的声音断断续续，影像已经消失了。

“你就不能把通信系统调好？！”卡姆罗迪朝着奈特大喊。

“不行啊。磁暴开始了，而且磁场在不停变化。要是有足够的时间还可能调好，一下子肯定做不到。现在只能先把信号记下来，回头慢慢解析。”

卡姆罗迪把屏幕切换到避难所底部的观测器进行观察。画面上可以看到地面上出现了一个巨大的正方形，将火山口都包在里面。岩盘沿着正方形的四条边裂开，正方形内的地面剧烈地震动着，但外面的却没有一点动静，岩盘像是被一刀切断了一样。慢慢地，正方形开始往下掉，看起来就像是一个埋在地里的立方体被一点一点取出来。在立方体下方一闪一闪的正是卡莉特伊的飞船。

"与磁力线保持垂直……在水平方向上启动喷射引擎……"

这大概是唯一的办法了。正方形范围内的磁场变得极不稳定，应该是受到了岩盘超磁性的影响。如果能以喷射引擎充分加速，说不定可以飞到具有正常磁场的地表范围内。

画面上的光点移动着。立方体已经下降了 50 多米，不过光点的速度看起来足够在它砸到自己之前飞出去。几个人屏息看着，终于，光点越过了正方形的边缘。

"干得漂亮！"奈特喊了起来。

可是光点并没有飞向正方形外面的地表，而是突然做了一个近似直角的爬升，沿着立方体的侧面向上飞去。

"糟糕，被立方体的磁场捕获了。"

“卡莉特伊！”卡姆罗迪大叫着，可是他知道再说什么都没有用了。卡莉特伊的飞船随着立方体下落了500米。飞船在复杂变化的磁场影响下滴溜溜地转着。

“看来一切都完了。”卡莉特伊的声音听起来异常冷静，“卡姆罗迪，刚才我说的那些话……忘了吧……我谁都不恨……就算今天没掉进天狱，总有一天也会……还有……那时候……”

通信状况更加糟糕了。被排除出去的立方体一边剧烈地改变着形状，一边释放出强大的电磁波。立方体表面的碎石块纷纷向周围飞散，连飞船的位置都找不到了。

“啊啊啊啊啊啊！卡莉特伊！”卡姆罗迪抱住通话器。

超强的磁暴彻底烧毁了卡莉特伊飞船上的通讯电路。在此之前的几秒，她的声音微弱而平静，没有叫喊，也让人难以听清。卡姆罗迪只听到了卡莉特伊最后的那句话。

“艾莉柯特……”

最初的一周卡姆罗迪什么都记不得了。他每天只是躺在床上，不停地喝酒。

“我整理出了卡莉特伊的遗物。你本来没资格看这个，可是约修亚非让我给你发一份，感谢他吧。”

直到第八天，卡姆罗迪才开始注意到约修亚守在身边，到第十天才发现奈特不见了。

“你烂醉如泥的时候，他好几次都想杀了你。每次都是我救了你啊。”约修亚用布满血丝的眼睛看着卡姆罗迪。

“我一定要感谢你吗？”卡姆罗迪微微睁开眼睛，没心没肺地笑着说，“他人呢？”

“走了。他本来打算在这里和卡莉特伊一起生活。如今卡莉特伊不在了，他就没有理由再在这里待下去了。他是这么说的。”

约修亚好像还说了什么重要的事，但对卡姆罗迪来说都无所谓了。

一个月后，卡姆罗迪总算一点点恢复到可以思考的状态了。他反复想着卡莉特伊最后的话。她的死完全是身为队长的卡姆罗迪的责任，和约修亚、奈特没有任何关系。但是在这里无所事事地等死并不是赎罪的最佳方式，自己总还有一些能做的事情吧。

卡姆罗迪决定着手验证卡莉特伊的理论：世界在旋转，旋转产生离心力。如果这个理论正确，证明起来应该很简单。既然星星的旋转周期等于世界的旋转周期，如果由此计算出的离心力等于重力，卡莉特伊的理论就是可信的。

但是，计算的结果并不相等。虽然仅有很小的差距，但超出了误差允许的范围。现实世界中的重力比计算得到的离心力小七千分之一。

卡姆罗迪又开始喝酒了。所有的一切都没有意义，卡莉特伊的一生就是一场梦。幸运的是，她还没有醒来就已经死了。可是，我却明白了这个世界的真相，重力与旋转毫无关系。

约修亚好像说他受不了要走了。

岩盘松动了？管它呢。

这个世界的秘密到底是什么？

如果是离心力的话，一旦世界不转了，我们都会失去重力飘在空中吧。

嗯？飞地一直在旋转，为什么它没有因为离心力掉到天狱里，却飘在空中？

这有点奇怪。

所以旋转和离心力都是错的。

那么……

“艾莉柯特……”卡莉特伊的声音在脑中回响。

等等，我刚才说了什么？飞地在旋转？星星的旋转周期是 12 天 14 小时，但是飞地有的比星星快，有的比星星慢，在同样的周期里……不对，飞地和星星的旋转周期不一样。顺行的飞地旋转一周比星星快四个小时，逆行的飞地比星星慢四个小时。如果星星是静止的，那么飞地就是以三年不到的周期旋转，这样缓慢的速度，飞地早就应该被离心力甩飞了。之所以现在没有被甩飞，唯一的解释就是某种未知的力抵消了离心力。

卡姆罗迪拖着脚跌跌撞撞地冲到计算机前开始计算。卡莉特伊所说的科里奥利力与速度的比例系数同星星的旋转周期吻合，有出入的只有离心力的大小。三个数值当中只有一个不吻合，并不意味着要舍弃理论，更应当考虑是否有什么没有注意到的因素影响了这个数值。地表重力、科里奥利力、飞地的旋转周期、星星的旋转周期……计算机迅速得出了结果。

存在着指向世界中心的未知力。它的方向与离心力相反，大小与到世界中心的距离的平方成反比。

卡姆罗迪的身子猛地一颤。

果然存在着指向中心的力。有了这种力，便可以存在让人在地面行走的球状世界。神话果然是事实的反映。发现了这种力之后，过去所知的一切都将被颠覆。

从力学上说，与由引力形成的球状世界相比，由离心力形成的这个世界无疑是极度不稳定的。而人们之所以一直以来都认为这个世界是唯一的，只是因为不知道其他可以构建世界的原理。

在发现了新的原理之后，便不难推测出缓慢旋转的球状世界其实更容易自发形成，而为了产生足够的离心力而不停旋转着的这个世界，怎么都不像大自然创造的。如果这个世界是人工的产物，那人类的居住区就不应该在外侧，而是在内侧。

那一侧会是怎样的世界啊！

脚下有大地，头上有含有丰富的氧和水蒸气的大气。过饱和的水蒸气凝结成细小的水珠浮在空中。更高的地方有耀眼的光源，为植物生长提供能量。

大地上，繁茂的植物间，食草动物和捕食它们的食肉动物奔跑着。低洼处蓄积着大量含有丰富矿物质的水，水中栖息着比地面上更多的生物。

那是个能够给人类无穷的空气、水、食物、空间、热与光的世界。仅仅是想象它的存在，就让人心驰神往。

卡姆罗迪转过身，想要把他的发现告诉约修亚，但身后没有人。他是回房间了吗？还是终于忍受不了卡姆罗迪的异常，离开避难所了？

卡姆罗迪打开计算机的留言看了看。他本想找找有没有约修亚留给自己的消息，结果并没有找到，但是意外发现了一条奈特发来的消息。那不是文本，是一个小小的影像文件。

卡姆罗迪开始载入文件。

如果他们真的决定要走，那自己想拦也拦不住。虽然的确发现了地国存在的可能性，但那也不过是神秘世界的冰山一角。不管是通向世界内侧的入口所在，还是进入的方法，自己都不知道，也没有任何根据证明那里就是传说中的地国，更无法保证卡莉特伊的孩子艾莉柯特就在那里。自己又怎么能要求他们一起去呢？更何况，自己难道就真的想去吗？难道这不是出于对卡莉特伊的负罪感而选择的苦行吗？

卡姆罗迪走近窗户，看着宝石一般闪烁着的漫天星斗。

也不必着急，他的身体已经被真空和酒精折腾得破烂不堪，说不定连回到自己飞船的体力都没有了。现在要做的就是好好休养。今后的事情，慢慢考虑吧。

叮的一声，文件打开了。卡姆罗迪转过身对着屏幕，卡莉特伊最后一瞬间所见到的画面映入眼帘。这个文件大概就是奈特口中的遗物，是从卡莉特伊最后传来的图像信号中复原出来的吧。

那是用避难所的观测器看不到的角度——大地上巨大的正方形窟窿中沉睡着一架机器，看上去既像爬行动物和昆虫，又像一个巨人。

就算在同样的环境里生活，有希望的时候和没希望的时候，快乐与痛苦也完全不同。

就算做同样的工作，有目的的时候和不情愿的时候，疲惫的类型也完全不同。

人就是有这样的构造。

△

不管是多么辛苦的事，只要有希望就能坚持吗？

△

这也要看希望的大小和辛苦的程度，不过我想基本没错。

颠倒的世界辛苦万分，但发现秘密的时候，世界得以再一次翻转。

△

○

他不知道自己的世界是颠倒的。

所以当他知道另一个世界的时候才会感到幸福。

但是如果一开始就知道自己的世界是虚假的呢？

生活在虚假世界里的人，从一开始就会幸福吗？

还是说，他们也在寻找幸福？

○

那我再讲一个故事吧。

生活在虚假世界里的男人的冒险故事。

○

缓存

客人来了。我来到事务所的门口迎接，却发现来的是“空白”。

没有什么比和空白说话更麻烦的了。

“不设置外表是有什么原因吗？”寒暄过后，我开口问。

“没什么特别的原因。非要说的话，只是觉得外表没有什么意义。”我接收到了对方发来的文字消息。看来这位也没有设定声音，恐怕性别也是。

“好吧……能告诉我您的名字吗？”

对方发来一串十几位的数字，是乘客编码。我吃了一惊，这位连名字都彻底空白化了。

搜索这串数字可以访问这位空白的本体数据。当然，如果私人数据库设置为禁止访问，那就另当别论了。但是我没有搜索，我从来不想知道这个世界居民的本体。

我给空白发来的编码设置了备注名“无名氏”，我的账户自动扣除了 1 魔点。从今往后，这个人对我来说就叫无名氏。

“您刚才说外表没有意义是什么意思？没有外表不是有很多不便吗？”

“我以前也设置了外表、声音、名字和性别，每样我都花了不少工夫用心挑选，希望给别人留下好印象。想到身边的人看到的都是这个外表，就会有种满足感。可是，我后来意识到，其实别人根本不在意我设置了什么样的外表和名字，他们只会按自己的喜好给我加上外表、声音和备注名。从那以后，我就觉得花心思设置那些东西非常愚蠢。”

“嗯，确实有人会这么做，甚至把其他人全都设置成年轻异性。不过并不是每个人都会这样。我现在就不大给人设置备注名，每认识一个人都要设置那些其实也很麻烦，还不如就按对方想要的样子来。”

“（叹气）如果像你这样的人多一些，我也不会放弃外表吧。”

“总之还是简单设置一下吧，不然太别扭了。”

“你那边随便设置一个吧。”

对方似乎有过不开心的回忆。是恋爱受挫？爱慕对象对自己的外表不满意吗？

我给无名氏设置了年轻女性的外表。本来考虑要不要加一副眼镜，想了想还是算了。服装选了略微紧身的西服来突显胸部，声音语调适中，金色略卷的长发，蓝色眼睛，身材略矮，对我说话的方式是率真。最后把备注名改成了“爱丽丝”。

这位客户的真实模样也许是86岁的男性，体重150公斤，名字说不定叫猪熊权左卫门，但既然是工作，还是年轻女性比较赏心悦目。

这些设置总共花费了8魔点，我把这笔费用作为必要的经费。

空白闪烁了片刻，完成了变身。

“就这样吧，完美。”我向爱丽丝微笑。

“是什么样的外表？”爱丽丝的笑容略显妖艳。

我微调了表情，她的笑容变端庄了。

“秘密。”

“你这个外表，在多大程度上反映了真实的你？”爱丽丝仔细观察着我的脸，像是要在我脸上开个口子。

我有点儿害羞。

“你看到的我是什么样的？”

“嗯……”爱丽丝的手指在脸颊上点了点，不过只有我能看到，“像电影里的侦探。”

“那就对了。这个外表也有宣传作用。”

“那就是说，这个外表和真实的你是有差别的？”

“这也是秘密。”我向爱丽丝挤了挤眼说，“那么，委托的内容是什么？”

“阻止‘世界’崩溃。”爱丽丝微笑着说。

“对不起，能再说一遍吗？我好像听成了‘阻止世界崩溃’……”

“你没听错。照现在这样下去，‘世界’的机能很快就会瘫痪。”

在星系间飞行需要花费极长的时间，宇宙飞船抵达目的地的时候，人们甚至会忘记发射时的事。

载人飞船面临的一大问题，就是乘客必须度过的漫长岁月。如何才能打发这些时间呢？当然，随着医学进步，人类的寿命也在延长，但这并不能解决问题。几百号人被塞在狭小的飞船里连续飞行好几个世纪，这种事想想都难熬。

一个办法是在飞船里制造足够的生活空间。但是，要让几百人都舒适地生活，需要的空间太大了。将这么大的飞船送去其他星系，太耗能了。

于是科学家提出了更简单的解决办法。乘客之所以不能忍受飞船上的单调生活，是保持清醒的缘故。如果全程处于沉睡状态，那就不会有这个问题了。这就是科幻小说中司空见惯的人工冬眠。

通过向体内注射各种化学物质，精密地调控体温、脉搏、呼吸等生理参数，从而实现人工冬眠的实验在动物身上很快取得了成功。虽然开始时的成功率不足 10%，但很快就提高到了 99%。

然后就是人体实验。在志愿者中挑选实验对象，先安排一周时间的短期睡眠，结果没有任何问题。接下来为期一个月的实验也没有问题，然后是一年。

一年的实验看起来也没有问题，但实验者苏醒以后却显得很迷惑，感觉一切都好像是很久以前的。医生和科学家提心吊胆地问：多久以前？实验对象则认真地回答：一年以前。

大家当时都笑了，以为他是在开玩笑。可后来人们才意识到，这其实是个非常严重的问题。

因为从两年的人工冬眠中苏醒的实验对象竟然一下子想不起来自己的名字。

日常生活中，不可能好几年不接触自己的名字。就算是一个人生活，一年里也会有好几次回想自己名字的机会。但是，冬眠的人不会回想自己的名字。他们有时也会做梦，但那些梦都是荒诞无稽、毫无逻辑的。而梦本来就是以记忆为原料产生的，它不会生产新的信息。

人类的大脑容量有限，所以会将不重要的记忆自动消除。所谓不重要的记忆，就是很少使用的记忆。所以凡是想要记住的东西，只要多次反复记忆就行。多次有意识的记忆，大脑系统会将之判断为重要记忆，也就不容易忘记了。有好记性的人，其实并不是脑容量大，只是擅长消除无用记忆而已。

记忆消除主要在睡眠中进行。所以如果持续沉睡许多年，记忆就会逐渐丧失，不管是重要的还是不重要的记忆。如果沉睡一个世纪，大脑恐怕会变得一片空白。

乐观的人们不认为这是多大的问题。没有必要将一切都储存在大脑里，我们有各种代替大脑的记忆装置。只要利用这些装置，等乘客们苏醒之后再慢慢教育就行了。

但是，这样真的可以吗？如果冬眠前的记忆全被消除了，那一个人的人格是否还是连续的呢？冬眠前的人格彻底消失，醒来的乘客都变成了徒具成人身体的婴儿。那样的话，把人送去冬眠旅行岂不是等于杀人？

于是长途载人飞行计划搁浅，人类被迫放弃了飞向宇宙的希望。就在这时，有位科学家找到了解决办法。在睡眠中让大脑的一部分保持清醒并非难事，而刺激清醒大脑的特定区域，便可以让大脑做特定的梦。严格来说那不算是梦，而是通过精密控制的电子信号让人体验到的虚拟现实。于是，乘客们便可以一边冬眠旅行，一边进行日常生活。

让人像看电影一样体验预先设定的程序当然也可以，但如果自身的自由意识无法参与其中，就会产生极大的精神压力，所以必须让程序和乘客的意识产生互动。另外，虚拟现实中也需要其他人的参与，否则单独的个体恐怕会丧失交流的能力。为了能和其他人交流，一种办法是用计算机生成无数虚拟人格，但这个办法很快就被否定了，因为耗费的计算资源过于庞大。更简单的办法是让乘客们自己相互交流，也就是把所有乘客的虚拟现实进行共享，乘客们可以在一个共同空间中自由交流。也就是说，星系飞船既是冬眠飞船，也是一座城市。

由于全员共享一个虚拟世界，所以这个世界不能太怪异，只能模拟真实世界。这样才能让每个人都可以在其中安心生活。

这里的居民就把这个虚拟世界称为“世界”或“城市”。原则上说，“世界”可以具有无限种形态，但因为计算资源的限制，同时考虑到居民的精神压力，“世界”基本上都采取了最基本的城市形态。另外，“世界”的物理法则也模仿现实。这倒不是说连相对论和量子理论都能完美再现，为了节省计算量，“世界”基本是在牛顿力学的框架中运行的，而且没有模拟大气中的每个分子，只采用了古典的统计力学和流体力学的方程。动植物当然也只做了外表的模拟，内部构造能省则省。尽管有这么多简化，但它足够让其中的居民产生错觉，认为这就是日常生活的世界了。

“世界”运行得很完美，但居民还是有抱怨：难得是虚拟世界，却一切都按照现实模拟，也太没意思了。最好能加入超现实元素，哪怕一点点也好。

分析结果显示，如果无限制地接受居民的要求，不断引入违反物理法则的现象，计算资源转眼就会耗尽。不过，如果加以一定程度的控制，倒也不是无法实现。具体而言就是，居民如果要使用超现实的能力，也就是魔法，需要消耗魔点。魔点可以储蓄，也可以向他人转账。每个居民每周自动获得 1 魔点。

在天空飞翔每分钟消耗 1 魔点，点石成金每次消耗 10 魔点，瞬间移动 50 魔点。一开始，人们随意使用魔法取乐，但是很快发现魔点的消耗量远远大于产生量，所以逐渐没有人会浪费了。到后来，居民更是把魔点代替货币使用。

魔点具备理想货币的特征。它本身具有一定的价值，因此很难发生极端的通货膨胀或者通货紧缩。如果出现通货膨胀的趋势，居民们就不会将魔点当作货币使用而会直接使用魔法。比如，如果一顿饭要消耗 10 魔点，那么大部分居民都会使用 2 魔点凭空生成一顿饭。这样一来，魔点的消耗抑制了流通量，通货膨胀便可以消除。相反，通货紧缩的时候，居民们又会停止使用魔法，流通量增加，魔点的价值就会降低。

除了魔点，还有其他节约计算资源的系统，“缓存”就是其中之一。

现实世界中，一个人采取某种行动时，立刻就会产生反馈。比如用锤子敲玻璃，玻璃当场就会碎裂掉落。但是，在“世界”中，情况却没有这么简单。某个人决定用锤子敲玻璃的瞬间，计算机捕捉到大脑运动区域的兴奋，将之反映到虚拟现实中——移动手臂、抓起锤子、敲向玻璃。如果仅仅如此，也不会费什么大力气，但实际上却有其他麻烦的问题。手臂、锤子、玻璃全都是“世界”中的东西，它们和其他居民也存在相互作用。比如附近有其他居民的时候，就必须通过计算，呈现出他们眼中敲碎玻璃的景象，模拟出玻璃破碎的声音。

这些细节必须加以考虑。“世界”是连续的，必须符合逻辑。每个人的体验之间如果有矛盾，“世界”就会逐渐分化，最终无法成为一个统一的世界。计算资源也会因此枯竭，居民们被扔进虚无。

但是，如果一切都在计算之后再反映到虚拟现实中，那响应速度会很慢，会有一种慢镜头的感觉。想要敲玻璃，但是几秒钟之后手才开始动，敲击的瞬间一切又都停下来，隔了几秒钟玻璃才会碎裂，然后再听到声音。为了这个计算，停止的不仅仅是当事人，毫无关系的所有居民都会同时发生这样的现象。当然，如果有足够的计算资源，就不会有这样的问题。但是如果飞船有那样的空间和载重量，还不如建一个现实的居住区。

应对这个问题的办法就是缓存系统。每个居民都有一个缓存，从某一个居民的角度看，缓存相当于“世界”的拷贝，而从“世界”的角度看——也就是在其他居民看来——缓存是那个居民的拷贝。

当某人用锤子敲玻璃的时候，抓住锤子、敲碎玻璃、发出声音，这一系列事件就在他的缓存中发生了，而且周围的居民受到惊吓，都来看他。但是，这都只是当事人自己的体验，在“世界”中其实什么都还没有发生。在周围人眼中，当事人还没有碰到锤子。如此一来，缓存只需计算当事人的体验，可以迅速做出反应。

接下来，缓存会将自身内部发生的事情传递给“世界”。“世界”花费数秒进行计算，生成玻璃破碎这一事件。这时候每个人的缓存接收到这一事件，各自重现玻璃碎裂时的情况。到这时，周围的居民们才真正看到了玻璃碎裂。

此时，当事人和周围居民的体验之间存在几秒乃至十几秒的时间差，不过缓存会在后台进行时间调整，几分钟后便可以消除这个差距。而且，缓存与缓存之间、缓存与“世界”之间发生的小摩擦也会被抹平。比如A敲碎玻璃的时候，在A的缓存中，附近的B听到声音，吃惊地回头看向A。但是，如果实际上B当时正在想事情，没有注意到声音，则B在A的缓存中就会被处理为回头看了看，然后失去兴趣，把头转了回去。这样的处理会在A、B双方都不注意的情况下进行。

“世界”的稳定就是依靠这些看不见的系统得以维持的。

“‘世界’的机能瘫痪，具体是指什么呢？”我有点不知所措。

“就是字面意思啊。眼下计算资源正在枯竭，而且枯竭的速度非常可怕。照这样下去，‘世界’几天之内就会停止运作。”

“等等，你这样说让我很混乱。能问你几个问题吗？”我挠着头问。

“当然能。”爱丽丝露出柔和的微笑。

“第一，你怎么知道这件事的？第二，在这件事中，你的角色是什么？第三，你要我做什么？”

“关于第一个问题，只要多加注意，谁都会发现的吧。”

“我就没发现……”

“你看看窗外。”

我打开窗户，外面还是一如既往充满活力的都市景象。

“窗外怎么了？”

爱丽丝站到我和窗户之间，甜美的发香骚动我的鼻腔。“看到那个了吗？”她指向大楼之间的空间，我这才看到那里飘浮着线头一样的东西。如果没有人指出，会把那个当成飞蚊之类的吧，虽然“世界”里不可能有飞蚊症。

我吟诵咒语启动魔法。“望远，10 倍。”

线头一下子变大了。当然那不是线头，而是裂缝，时空上的裂缝。裂缝的两侧，物体的位置略微错开。裂缝有一定的宽度，而且似乎正在扩大，里面是一片虚无。

“那是什么？”

“因为计算资源逐渐枯竭，运算速度跟不上的地方就会产生裂缝。”

“只有一处？”

“目前为止发现的裂缝数量是 153 045。”

“真的？”

“现在变成 153 046 了。”

“情况不乐观啊。”

“没错。”

“那第二个问题呢？”

“我指挥大家找出这个事件的原因并加以解决。”

“你是谁？”

“我是评议员。”

“什么评议员？”

“‘世界’评议会的评议员。”

我抱着头坐到椅子上：“那是什么东西？不，你不回答我也猜得出来。它是什么时候成立的？”

“一开始就存在。”

“一开始？”

“‘世界’诞生的最开始。”

“为什么保密？”

“并没有保密。”

“那……为什么没有告诉我？”

“因为你没有去查吧。你查过吗？”

“没有……不过仔细想想，有个维护‘世界’正常运行的组织也很正常。”

“明白了？”

“第三个问题呢？”

“我想请你帮我。”

“找出这个事件的原因并加以解决？”

“对。”

“我要是说不愿意呢？”

“你没有拒绝的权利。”

“为什么？”我瞪圆了眼睛，“就因为我是侦探？但就算是侦探，也有选择工作的权利……”

“因为你是非常任评议员啊。”

“我是什么？”

“非常任评议员。”

“这是什么时候的事？从‘世界’诞生的时候开始？”

“不是。30 分钟前任命的。”

我叹了口气，问：“怎么辞职？”

“我辞退你就行了。”

“就算我要求你辞退我也没用是吧。为什么选我？”

“因为你是侦探。”

“你看过我破案子？”

爱丽丝摇摇头说：“因为你是‘世界’里唯一的侦探。”

“是吗？那我还挺闲的……”

“这里基本上没有犯罪。本来有犯罪倾向的人也不会被选为乘客，不过主要还是因为这里是个人工社会，所以也没有警察。要说具备警察功能的，可能只有你了。”

“报酬呢？”

“只有名誉，但经费可以任意使用。”

“可以随便用魔法？”

“怎么可能，需要我的认可才行。”

我考虑了一会儿，觉得在办公室干坐着也不会有案件发生，说不定这是个让我发挥侦探才能的机会。

“好吧，我接受。”

“我说了，你没有选择权。”

我竖起一根手指，打断了爱丽丝：“评议会打算采取什么对策？”

“照这样下去，资源会枯竭，所以很快就会限制使用魔法。”

“不发放魔点？”

“是禁止魔法本身，不管有多少魔点都一样。”

“这会引起混乱吧，导致金融危机。”

“魔点作为货币的价值继续保留。”

“魔点的价值建立在可以使用魔法上。如果魔法被禁，肯定会暴跌的。”

爱丽丝耸耸肩。“经济问题没什么大碍。‘世界’崩溃的话，可就不是这点小事了。你喜欢在狭窄的冬眠舱里过上好几个世纪？”

“原来如此，那确实无趣。”我靠在桌子上，“那么，我首先应该做什么？”

“思考，换句话说，推理。”

“计算资源正在枯竭，这一点没错吧？”

“嗯。”

“那么，首先调查计算机在做什么。列出所有程序，挑出占用资源时间或者量过多的程序。”

“要能这么做就不用麻烦你了。”

“不能吗？”

“被管理员禁止了。”

“管理员是谁？”

“是一个用来登录系统的账号，原本所有评议员都知道密码，但现在密码不知被谁改掉了。”

“管理员账号啊，真厉害。”我吹了声口哨，“有什么特权？”

“这个以后再慢慢告诉你。”爱丽丝故弄玄虚道。

“也就是说，评议员中有人修改了密码，让其他人都无法登录？”

“有这种可能性。当然也可能是被黑客破解了。”

“每个评议员都能自由修改密码，这种设计有问题吧？也许某个人会为了应对突发事态而修改密码，但那个人要是出了什么意外，密码不就永远无法找回了吗？”

“要让别人无法登录的话，密码必须每 24 小时修改一次，不然就会恢复初始密码。”

“真不知道该说这样的安全系统是强还是弱。如果不能登录系统，就不知道每个人都在做什么了。干脆把所有评议员关起来监视得了。”

“谁来监视？而且监视到的只是个人的缓存，没法知道本体到底在做什么……你在怀疑评议员？”

“不是。至少就目前的情况来说，这种可能性极小。”

“什么意思？”

“做这种事没什么好处，除非有我们不知道的隐情。但与其在那种可能性上想破脑袋，不如寻找更合理的解释。”

“比如说？”

我闭上眼睛想了一会儿。很难想象会有人为了找乐子干出这种事。如果把这视为犯罪，犯人需要很精妙的手段，而且要冒很大的风险。费这么大的力气让“世界”瘫痪，谁会从中受益呢？犯人的目的是什么？用的又是什么方法？

“来自现实的干涉……”

“你说什么？”

“当发生的事不能以‘世界’内部的常识推断的时候，就该考虑是否存在来自物理层面的攻击。说‘攻击’可能太过了，就说干涉吧。”

“但是，现实世界里应该没有任何人呀。”

“你检查过吗？会不会是有人入侵了飞船或是哪个乘客自行苏醒了？裂缝产生在物理层面要比产生在‘世界’内部容易得多，不是吗？”

“是有可能……”

“没时间了，只能从最可疑的地方入手。必须进行物理层面的调查，立刻组织调查队吧。”

调查队由爱丽丝和我两人组成，她主张知道的人越少越好。确实，人越少秘密泄露的可能性越低。但是，只有两个人，我们还是有点心虚。

虽然说是去物理层面，但并不是非要苏醒不可。突然中断人工冬眠，精神和肉体都会产生极度的疲劳，而且再次进入冬眠需要许多麻烦的操作。

我们要保持着冬眠状态，进入现实世界。换句话说，我们要在现实世界中进行虚拟活动。

爱丽丝吟诵咒语，眼前出现了一扇通往现实的门，毫不犹豫地打开了它。

门里是阴暗狭窄的走廊，是从飞船中央的仓库里往外看到的情景。我们两个慢慢走进走廊，现实世界平滑地包围了我和爱丽丝。

我摸摸墙壁，和记忆中的墙壁一样。

我的五感此刻连接着可在飞船内行动的机器人。用机器人的身体代替自己的肉体，可以获得一种亲自在飞船里行走的感觉。身边的金发女人应该也是个笨拙的机器人，只不过视觉上处理成了人类的模样。

“真安静，果然没人吧？”

“不能掉以轻心，还是要准备好武器。”我条件反射地吟诵起咒语。

我手中出现了一个直径 15 厘米左右的黑球。这是针弹，我的意志可以使它爆炸。一旦爆炸，数百万根针就会以超音速向四面八方发射出去，将周围的物体全部击碎。

距离爆炸点 10 米以上，针就会完全消失，因此不会扩大破坏范围，是被敌人包围时最好的武器。

“你在搞笑吗？”

“怎么了？”

“你那个炸弹，现实世界里可没有哦。”

我意识到了自己的错误。确实，这是虚拟现实中的东西。虽然我和爱丽丝可以看见它，但现实的走廊中并不存在这样的东西。虚拟的武器只能对付虚拟的敌人。

“花了我 100 魔点呢！这能算是必要的经费吧？”

爱丽丝摇摇头。“不能，你自己承担。”

我骂骂咧咧地把炸弹塞进怀里。

我们附体的机器人没有搭载武器，因为没人想到飞船里会需要武器。如果遇到敌人，只能用身体去撞。不过好在我们是虚拟的，就像虚拟的我们无法用虚拟武器攻击现实的敌人一样，现实的敌人也不能用现实武器攻击虚拟的我们。

不对，等等……

“爱丽丝，立刻去检查冬眠舱！”

“嗯？”

“睡在那里的我们毫无防备！”

冬眠舱和以前科幻电影中出现的不同，没有透明的盖子，而像一口金属的棺材，不能直接检查内部的情况，需要打开舱中的摄像头才可以看到。

我们走到入口附近第一个冬眠舱。

“奇怪,”爱丽丝指指冬眠舱上的显示器,“这数值不对啊。”

我打了个寒战：“如果这个数字是真实的，那说明里面的人已经死了。”

爱丽丝伸手去按摄像头的开关。

我条件反射般地抓住她的手腕。

“怎么了？”

“如果里面的人真死了，你想怎么办？”

“真死了就糟糕了，所以要确认啊。”

“先想想如果真死了该怎么办，然后再开开关。”我放开了爱丽丝的手腕，怕她感觉到我的颤抖。

“为什么？”

“因为我不知道该怎么办。”

爱丽丝想了想说：“那就把所有冬眠舱都检查一遍。”然后打开了开关。

这一次我没来得及阻止。

“哇！”爱丽丝惊叫起来。

冬眠舱里惨不忍睹。显然计算机没有任何保存尸体的方案，适合人体的环境对分解尸体的微生物来说也非常适合。尸体内部的东西膨胀得挤了出来，菌类大量繁殖。

“冬眠中的死亡并不奇怪，”我努力保持冷静，“奇怪的是没有人发现这件事。为什么计算机没有把乘客的死亡通知我们？”

“应该有警报。只是大家都在睡觉，没人听见。”

“就算在睡觉，向大脑的感觉区发送信息也是很简单的……我明白了，计算机之所以没有这么做，仅仅是因为它的程序里没有这个设定而已。”

“为什么不设定程序把乘客的死亡通知其他人呢？”

这时，我相信自己掌握了事件的全貌。

“程序认为没有这个必要。一般来说，如果身边的人死了，其他人马上就会发现。”

“什么意思？”

“这场旅行开始以来，你发现有人死了吗？”

“没有。”

“我也是。就我所知，这趟旅程里一个人都没死。”

“因为‘世界’是安全的。就算发生事故，那也只是虚拟的事故。”

“但是事故在‘世界’之外也会发生，比如生病、衰老。而‘世界’将它们延后了。”

“你想说什么？”

“刚才你说把所有冬眠舱都检查一遍，现在就开始吧。”我将手伸向旁边的冬眠舱。

冬眠舱突然消失了。不是一个，所有的都同时消失了。

“什么？怎么了？”爱丽丝惊叫起来。

我打量四周。消失的不只是冬眠舱。设备、走廊、灯光，飞船里的东西全都消失了，变成了空无一物的纯白房间。我们和现实的联系突然被切断了，回到了虚拟世界当中。

我吟诵咒语，试图恢复与现实的连接，但是没有用。

有什么东西在阻挠我们。

“爱丽丝，立刻召集全体评议员，对方已经发现我们了。我撤回之前的判断，”我咬住嘴唇，“犯人恐怕就在评议员中间。”

房间里有十二个人，其中两个是我和爱丽丝，剩下的全都是“空白”。当然，这不是他们故意的。他们每个人

"可以这样断言吗？缓存的任务是展现出与实际人类无异的行为给周围人看。如果为了这个目的无限制地获取计算资源，那不就能无限接近人类了吗？"

"拷贝终究是拷贝，不能说是真正的智慧。"

"你能区分本体和拷贝的区别吗？别忘了，拷贝和本体一样可以通过图灵测试。如果说拷贝没有智慧，就等于说人类没有智慧。"

"只要和智慧生物表现出同样的行为，就可以视为有智慧？"

"不是视为，而是的确有智慧。"

"我们的敌人就是具有智慧的缓存吗？"

"敌人？"

"对方隐藏自己的身份，擅自干涉我们的系统，这是明显的敌对行为。"

"对对方而言，这也许只是一种紧急避险。我们不知道制造一个人格需要多少计算资源，但这艘飞船的计算机系统并不是为了制造人格而设计的，所以那个人格必然侵占了其他方面的资源。它只要存在，就在浪费我们的资源。为了生存而消费资源，这是包括我们在内的一切生物的共同特征。"

“生物消费的资源可以再生，但是这艘飞船的计算资源不能。”

“既然有智慧，对方应该也意识到这一点了吧。它也会意识到，如果自己的存在被我们发现，就会被清除。”

“这是当然的。它和我们绝对不能共存，赶快把失控的缓存删除吧。”

“怎么删？现在无法登录系统。”

“这也是失控缓存做的？”

“恐怕是。”

“为什么缓存能做到这种事？乘客当中能够登录的也只有我们评议会的成员而已。”

“缓存之所以能够登录，”我用锐利的眼神逐一打量评议员，“是因为它正是评议会的成员。”

“荒谬！你是说缓存冒充成评议员了吗？”

“不是冒充。所有评议员的缓存也都是评议员，一直以来都是。”

“不可能。”

“但这就是事实。只要系统正常运转，缓存和本体并没有区别。本体在冬眠，缓存作为分身在‘世界’中活动。如果设计者觉得没必要另做一套接口来给评议员登录系统的话，这也就不奇怪了。”

“岂有此理，这完全是设计者的责任。”

“如果我们的讯息抵达地球的时候设计者还活着，追究责任也不是不可能。当然，还有法律时效的问题。”

“所以说现在能登录系统的只有那个失控的缓存吗？”

“是的。”

“这件事刻不容缓。计算资源还在枯竭当中，‘世界’即将崩溃，系统也在敌人的掌握之中。对方接下来会干什么？”空白们讨论了起来。

“在这里讨论不好吧。如果侦探是正确的，敌人现在就在房间里。”

“对啊，首先要把敌人找出来。”

“但是怎么找？只有敌人能够登录系统。”

“集思广益，也许会有什么办法。”

“可是在这里讨论很愚蠢，一切都被敌人看在眼里。”

“那要去哪？不管在‘世界’的什么地方，敌人都可以自由地监视我们。”

“各位，请冷静！”爱丽丝不耐烦地叫起来，“没时间争执了，敌人已经知道自己暴露了，很可能会采取措施保护自己。”

“怎么办？如果敌人以自己的生存为第一目标，决定把碍事的我们全部清除呢？”

“谈判怎么样？我们和缓存之间缔结条约，承诺互不危害？”

“没有证据显示对方会信守条约，而且计算资源枯竭的问题还是没有解决。无论如何，我们和缓存之间不是你死就是我亡。”

“别说了。别忘了失控缓存就在这里。”

“人类和失控缓存无法共存，而且缓存很可能已经开始了某些行动。恐怕胜负在接下来的几十秒内就会决定，毕竟和现实的联系瞬间就被它解除了，下个瞬间不管发生什么都不奇怪。但是，人类一方还有王牌。”爱丽丝看向我，“好了，快点吧。”

我习惯性地舔了舔并未发干的嘴唇。“我还在犹豫。我们有权删除它吗？它有智慧啊。”

“它只是个程序漏洞，不是人类。消除漏洞是理所当然的。”空白说。

“可是它有智慧，而且害怕死亡。”

“很久以前，开发人工智能的行为就被禁止了。所以它的存在本来就是违法的。”

“禁止开发人工智能是因为无法解决到底该不该授予其人权的问题。在禁止克隆的社会中，即便是秘密产下的克隆人，也不能因其是克隆人而杀死他。现在的情况有些类似。”

“缓存是否有人权不是现在的首要问题。”爱丽丝抓住我的肩膀，“全体乘客的生命和这趟旅程都有危险啊，人类必须紧急避险。”

“可是，这对缓存来说也一样。”

爱丽丝摇摇头。“不一样。人类胜利的话还可以存续，缓存胜利的话计算资源迟早还是会枯竭，它终究会消失。所以人类清除缓存是合理的。”

“我做不了那么冷酷的事。”我把手伸进怀里，“还是你来吧。”

“不行，我来的话说不定没用。不过……”爱丽丝念诵起咒语，手里出现了一把霰弹枪。

“你这把枪没用的。”

“我知道。”爱丽丝悲伤地微笑起来，“问你一个问题行吗？”

“嗯。”

“‘爱丽丝’是谁？”

“为什么你会知道这个名字……”现实中的我此刻恐怕在冬眠舱里面红耳赤了吧。

“对不起，我实在忍不住想问……”

我没有回话。

“那再见了。”爱丽丝含住枪口，紧紧盯着我，扣动了扳机。她的后脑勺喷出血红的液体，在房间里飞溅开来。神奇的是，她的脸却没有任何损伤，那美丽的瞳仁还是一直盯着我。她的膝盖慢慢弯曲，最终倒在了地上。

许多空白都受到惊吓，纷纷想要从房间里逃出去。

现在是最后的机会。

我木然地用力握住怀中的针弹，吟诵咒语。

针弹伴随着闪光爆炸了，将我和评议员们刹那间炸得粉碎。

我还是在侦探事务所里无所事事地打发着日子。委托不多，不过够养活自己了。

虚拟的针弹只会破坏虚拟的肉体。所以，那时候被破坏的只是我们每个人的缓存。冬眠舱中的本体毫发无伤，立刻就生成了新的缓存——我们在“世界”中的肉体。但是，死者们的缓存不会再生。如果本体已经死亡，就无法构建新的模型。

让人吃惊的是，评议员中的死者不止一个。十一人当中有四个死者，它们是否是共犯关系，现在已经无从得知了。

总而言之，爆炸的二十四小时之后，系统控制权回到了还活着的评议员手里，死者们的缓存全都被删除了。全体居民中已经有十分之一的人死亡了，远远高于预想的死亡率。照这个趋势发展下去，抵达目的地的时候恐怕没有人还活着了。生育第二代居民的方案开始提上日程。但自打出生以来就一直生活在虚拟世界中的人能否适应现实社会，这个问题目前还没有得出结论。

说到没有结论，死者的缓存人格和本体人格是否是同一个，这个也在讨论当中。

爱丽丝知道自己是死者吗？恐怕是知道的吧。她之所以没有自己引爆针弹，可能是担心自己的缓存最先被清除的话，爆炸就会停止波及周围。实际上爆炸是自动程序，不可能因为使用者消失就停止，但她也许不能确定。

爱丽丝通过自我破坏，促使我下定决心引爆炸弹，同时让死者们混乱，帮我争取时间。说不定依附到机器人身上的时候，她最先检查的冬眠舱就是她的本体。要确认这一点，只需 1 魔点，不过我至今都没有去查。

爱丽丝的本体对我来说没有任何意义。因为我们相遇的时候，她就已经是死者了。

我等待着还未到来的客户，在百无聊赖的空虚中开始寻找存储设备中已删除数据的残留。

也许在某个地方，在“世界”的某个地方，还残留着爱丽丝的一丝碎片。

伪装成想让别人看到的自己，别人却不看。

别人看到的是我并不知道的自己。

那样的世界令人窒息。

△

是吗？

不管哪个世界，都是一样的。

想让人看到的自己只有自己看得到，

别人只会看到他们想看到的你。

人类可以看到自己想看的东西，

也只能看到自己想看的东西。

人不自由，却很任性。

△

○

即使如此，也可以选择接受世界本来的样子。

用没有阴霾的眼睛，去看没有滤镜的世界。

只要用坦诚的心去追寻，世界必会给你回应。

○

我想起了一个故事。

迷路的少年的故事。

依恋母亲、喜欢姐姐的孩子的故事。

他看清了世界，解开了谜题。

你想听的话，我就说说这个充满勇气的故事。

○

母与子的旋涡历险

“去玩吧，我可爱的孩子们。跑得再远也没关系，记得一定要回来，把看到的、听到的都告诉妈妈。去吧，让妈妈高兴吧，亲爱的孩子们，你们都是妈妈的骄傲。”妈妈温柔地说。

纯一郎兴奋地冲了出去。离开一段距离后，他回头看了看妈妈。在妈妈身边的时候感觉她非常大，在这里看却显得非常小。纯一郎虽然有点不安，但想到妈妈会一直看着自己，便有了勇气。头顶是漆黑的天空，无数星星闪烁着冰冷的光辉。不仅是头顶，纯一郎的前后左右以及下方都是如此，他飘浮在布满光点的黑暗中。

去哪里呢？纯一郎思考着停止了加速。他发现附近有好多兄弟姐妹，解析最近的信号，发现那是姐姐良子。纯一郎测出良子的速度与加速度的方向，计算出会合轨道，开始加速。但是良子改变了轨道，像是要躲避纯一郎。

纯一郎并不着急，他从母亲那知道良子的加速性能并没有那么好。他将体内结构改为高加速模式。

快追上的时候良子还在逃。纯一郎急躁起来，解除能量限制，一口气追到了可连接的距离，然后慢慢伸出又粗又长的传导管，试图与疯狂逃跑的良子连接。但到了这个时候良子也没有放弃抵抗，纯一郎只好再伸出十根捕获手，将良子缠住。他在良子拼命挣扎的身体表面找到一个跳动的裂缝，把传导管慢慢伸了过去。

“疼！停下！”传导管的顶部一接触到敏感的裂缝，良子便发出哀号。

“用不着那么讨厌我吧，姐姐？”纯一郎一用力，将传导管深深插入裂缝。信息传导物质咕嘟咕嘟地释放到良子体内。

“你到底想干什么？”良子全身痉挛，“还没有必要交流吧？刚刚出发，哪有需要交换的信息啊。”

“我只是想和姐姐说说话……在远离之前。”纯一郎辩解道。

“烦死了！”良子每次要逃的时候，传导管都差点被拔出来。

纯一郎给捕获手增加力量，将传导管重新插好。

“现在不说话，以后什么时候才能再见啊！”

“我不想和你说话！”良子似乎真的生气了，“为什么非要缠着我！”

“怎么说呢……”纯一郎为了将传导管插得更深，把挣扎的良子拉得更近，与自己贴在一起。敏感的体表接触到良子细腻的体表，仿佛能感觉到她的呼吸。

“够了！这样的屈辱我无法忍受！”

纯一郎感到一阵剧痛。仔细一看，只见所有的捕获手都被切断了，体内的物质从切口喷涌而出。良子发射了用于近距离切割的激光。纯一郎慌忙捏住切口，防止物质流失。良子趁着这个机会蠕动身体，要把纯一郎的传导管从自己身体里拔出来。

“我来找你是因为……”

就在这时，传导管被拔了出来，没能完成任务的信息传导物质从顶部激烈地喷涌而出，打湿了良子的全身。良子没有回头，以最大的加速度飞了出去。

“……因为你和妈妈有一样的气味。”纯一郎射出的传导物质在空荡荡的宇宙空间中扩散开来。

虽然可以再一次追捕良子，但是纯一郎没有那么做。他不想做重复的事，而且为此浪费许多年时间的话也违背了妈妈的嘱咐。

随着在宇宙中的不断前进，其他兄弟姐妹的位置都无法获取了。纯一郎多少有些寂寞，但他告诉自己这也没有办法。

孩子必须离开家人游历远方，这是所有人必须遵守的法则。不过不管离开多远，都知道妈妈在哪里，所以并不寂寞。不论气息多么微弱，妈妈都依然清楚地告诉着每个孩子她在哪个方向、距离有多远。所以，纯一郎不是一个人，妈妈时时刻刻都和他在一起。

这时，纯一郎有种奇怪的感觉。不知不觉间，他前进的方向微微有些偏移。一开始他以为是自己没有好好控制加速系统，飞到了预定外的轨道上，但又感觉并非如此。因为从喷射速度和喷射量计算出的加速度和体内加速度传感器的测量值完全一致。这样的话，唯一的可能就是重力的影响。如果是恒星的重力，这个距离必定能看到恒星。但是顺着力的方向看去，却没有类似的光源。

妈妈说过遇到这种情况怎么办，所以纯一郎并不惊慌。首先，将可以观测到的恒星的位置和亮度与数据库进行对照，计算出自己的路线，然后，将算出的路线与原路线之差计算出来，便可以逆推出给予自己这种力的天体的位置和质量。

距离 0.1 秒差距[1]，质量 60 穰[2] 吨。具有这样的质量，在这个距离上却看不到，那必定是黑洞。

纯一郎保持冷静，侧耳细听。如果是带有吸积盘的黑洞，应该能听到特殊的声音。然而所有声音都被银河噪声掩盖了，听不清楚。于是他试着闻了闻气味……

重力源散发着惊人的浓烈臭味。纯一郎之前只关注妈妈的气息，忽略了这股气味。但奇怪的是，臭味的强度以一秒为周期反复变化。

纯一郎有些兴奋起来。妈妈说目前还没有发现与黑洞的旋转轴不平行的磁矩。如果是脉冲星，那么就是大发现，妈妈肯定会很高兴的。

纯一郎计算出靠近重力源的轨道。他发现，现在去重力源，然后回到妈妈那里，到达时会略晚于门禁时间。

1　秒差距：天文学长度单位，1 秒差距约等于 3.26 光年。

2　穰：计数单位，表示 10 的 28 次方。

妈妈肯定会等我一会儿的，而且就算妈妈开始移动，只要在后面不远处追踪她的气味，也可以追上。过了门禁时间可能会挨几句骂，但只要听说了我的发现，妈妈肯定会原谅我的。因为，最让妈妈高兴的不就是我们立功吗？

纯一郎开始变更轨道。

“大家听好了。宇宙到处都有重力井[1]，但只要当心就不可怕。重力井只会在天体周围形成，只要不去触碰那个天体，就不会有问题。大家可能会发现自己的路线向天体弯曲了，这时候可不能着急，靠喷射与天体的重力抗衡，只会浪费能量和推进剂，而减速等同于自杀。

“质量大的天体附近重力很强，有可能超过大家的推进力，但那并不是致命的问题。重力井深处的势能会变小，到了那里速度自然会变快。从足够远的地方接近重力源的话便可以达到逃逸速度。

“要注意的是，不能过分接近天体表面。恒星表面的温度非常高，很可能让你们的构成物质发生相变。另外，

1　重力井：大质量的天体令周围空间产生的凹陷，附近的小天体会向凹陷内掉落。

有些行星有大气层，一旦撞上，就算没有直接掉在表面，也会减速，丧失逃逸速度。这种时候不要急躁，再次飞出大气层后不断调整回圆周轨道，注意不要再次掉进去。一旦进入圆周轨道，再逐步转移到更高的轨道去，总能逃出来的。如果附近有明亮的恒星，可以将身体摊平展开成光帆，节约能量。

“特别恐怖的是星云。和行星的大气层相比，星云非常稀薄，一不小心就会在其内部前进过长的距离，慢慢地丧失运动能量，所以绝对不能深入。

“而对于黑洞，只要保持足够的距离，就不用特别担心。黑洞附近的逃逸速度非常大，但就像刚才说的那样，在落向黑洞的过程中自然就会加速。但是要注意事件视界[1]、吸积盘以及潮汐力。如果是大黑洞，潮汐力反而不是问题，最要当心的是脉冲星。

“总而言之，就算落入重力井，只要能够避免落到天体表面、大气层以及黑洞的事件视界、吸积盘，基本上都可以自然地弹到井外，这一点请务必记住。在向底部掉落

1　事件视界：黑洞周围物质有去无回的边界，在边界以外观测不到边界以内的任何事件。

的过程中，用辅助喷射加速坠落的话，还可以节约逃脱时间。当然这只是在能量有剩余的时候。”

纯一郎仔细回想妈妈的话。只要足够小心，黑洞应该并不危险。然而眼前不可思议的景象却让纯一郎莫名地害怕。

黑洞的吸积盘并不大，温度也不高，是个发出微弱声响的小东西。然而，有三个奇妙的天体在围绕着黑洞公转。

其中一个是光线微弱的脉冲星，似乎因为某种原因正在冷却。纯一郎感觉到的气味好像就是它发出的。剩下两个是气体星，公转轨道的半径差不多300万千米，和脉冲星相同。远离公转面看这两个气体星，它们的形状就像香蕉或鳕鱼子——这些都是地球上吃的东西，纯一郎没见过实物，只是听妈妈说过。两个气体星的轮廓都很模糊，长度约400万千米，宽度约90万千米。到公转面附近看，就会发现那不是鳕鱼子的形状，更像是木板上挖出了鳕鱼子形状的洞，而“木板”的厚度足有170万千米。两个气体星呈“八”字形运动，脉冲星差不多位于两个鳕鱼子最接近处的中间位置。

脉冲星放出强烈的气味，而黑洞在哪儿还不清楚，气体星也只是借着脉冲星的光线隐约发光，看不清细节，只能看到两个气体星浓度最高位置的不是中心，而是稍微偏向脉冲星的部分。浓度最高的点到脉冲星的距离、浓度最高的点到黑洞的距离，与脉冲星的公转半径大致相等。

真是奇妙的现象。自己一头闯进来固然后怕，但是既然来到了这里，自然不能就这么回去。

纯一郎思来想去，决定首先接近脉冲星。接近看不见的黑洞太危险了，而且根据黑洞无毛定理[1]，靠近黑洞并不会有什么大的发现。气体星也没什么好看的，可以算是星云的一种。

向脉冲星飞行很简单。因为黑洞的重力非常强，脉冲星的重力基本无法干扰，可以保持稳定的轨道。所以就算到了最接近的地方，脉冲星的重力开始起效了，也基本感觉不到。纯一郎知道，不管什么天体，只要不是一头撞上就可以轻松逃脱。

纯一郎也不害怕脉冲星的焦煳气味，他设定了一条从脉冲星表面数十千米处掠过的双曲线轨道。

1　黑洞无毛定理：指黑洞在形成后，除了三种在宇宙中守恒的物理量外，一切其他信息都丧失了。

最初发生的异常是身体各处突然伸出了几十条天线。接着，本来均匀分布的它们突然向两个相反的方向各聚成一束。纯一郎想把它们收回去，但被一股很强的力量拉住了。再后来，不仅是天线，他的整个身体都被拉伸。纯一郎这才发现情况不妙，这是脉冲星的潮汐力。这颗星星把一个太阳的质量压缩在半径10千米的空间内，虽然没有变成黑洞，不，正因为没有变成黑洞，它的表面附近才有着一般天体绝不会有的巨大潮汐力。

“最要当心的是脉冲星。”

妈妈明明这么说过，我却设定了靠近脉冲星的轨道！

纯一郎惊慌失措，一心想逃跑，开启了磁力制动。磁力制动是在强磁场中将身体组织的一部分变成超导状态，以便大幅减少与磁力线垂直的速度。但是，当前情况下采用这种方法并不正确，它使纯一郎丧失了逃脱的动能。强大的潮汐力把他的身体拉得像针一样，连喷射方向都难以控制。即便如此，纯一郎直到最后还在努力。即使天线都被拽出来、体表开裂、内脏喷出，他还是不愿放弃。

我怎么能死在这种地方！我一定要活着回到妈妈那里！

纯一郎满身伤口，毅然向脉冲星俯冲。他暴露在大量X射线中，被拉扯、旋转，然后被扔去了别的方向。

“妈妈！妈妈！救救我！啊，妈妈！”纯一郎的声音徒劳地在宇宙中扩散。

醒过来的时候，纯一郎发现自己处在一个从未见过的世界中。周围不是温柔的真空，而是想要粗暴侵入体内的气体。他痛苦地呻吟起来。

怎么办？我和脉冲星接触了，我落在重力井里出不去了。我要死在这儿了吗？

“不管遭遇任何情况，首先记得检查自己的状态，然后分析周围的状况。总而言之，直到最后也不能放弃。为了在宇宙中生存，冷静的判断是必需的。”

是啊，妈妈。我不会输的。因为我是妈妈的儿子呀。

纯一郎抖擞精神，检查自己的状态。之所以在有气压的环境中还能存活下来，大概是失去意识的时候自动切换到了生存模式的缘故。体表为了防止体外物质入侵而变得非常厚，同时为了保持身体结构而增加了强度。大部分传感器死亡，还在工作的只剩下一个光学传感器、切换模式后产生的压力传感器以及若干体内传感器。大部分内脏都丧失了，剩下的基本也都受了损伤。运动能力勉强还保留着。推进剂基本没有了，不过可以利用环境中的气体推进。

简单来说，纯一郎丢失了身体的一半，恐怕是被脉冲星的潮汐力撕碎了。万幸的是，弹到外面的这一半中有“核”。人类的大脑并非集中在一个地方，而是遍布全身，除非被切得粉碎，不然都不会丧失自我。但如果没有“核”，自我就无法长时间保持了。

纯一郎分析周围的环境，没有发现对人类致命的因素。温度也不高，不用担心发生相变。他将光学传感器调整到与周围的光的波长相适应的范围，首先看到的是前后左右上下无限延伸的湛蓝天空。天空中到处都飘浮着棉花糖——地球上的一种食物——一样的云、巨大的水滴和陨石。纯一郎面对如此辽阔的蓝天，感到不安与恐惧。这个世界到处都是蓝色的，无边无际，他只不过是其中一个可以忽略的小点。

仔细想想真是不可思议。这里的天空不管有多辽阔，充其量也就是气体星的一部分，整个气体星的大小也不过数百万千米。相比之下，纯一郎经过的宇宙空间才是真正的广阔无垠。但是，虽然心里明白，他还是被这个世界的广袤震慑了，感觉仿佛马上就要被无限的蓝色吞下去一般。

在宇宙空间中，一切物体都相隔很远，距离本身也就没有了意义，远处的星星看起来都和自己相距一样远，这让他感觉被一个具有固定大小的球壳包在其中。而与之相反，这个世界中有各种距离。眼前飘浮着雾，数百千米外飘浮着大陆般的云和被云层包裹的星星般的浮游岩石，它们之间还飘浮着无数远近不同的物体。从有限变化到无限的景象吸引了纯一郎，他就这样呆呆地眺望了不知多少时间。

直到全身的传感器开始报警，提示有生命危险，纯一郎才回过神来。虽然系统自动进行了基本修复，但到底不能面面俱到，一些部分还是得自主控制。他首先开始再生神经系统，随之而来的是传遍全身的剧痛。神经系统的再生导致了痛觉的恢复，那是令人几乎无法思考的剧痛，但他还是忍住了。正因为有痛觉，才能掌握损伤的部位。接着，他开始再生循环系统和运动系统。

不论怎么修复，身体有一半损伤总是事实。就算将一切器官的尺寸都缩小一半，材料还是十分匮乏。虽然不会立即死亡，但恐怕也无法形成最低限度的组织，连生命都难以维持。

不过纯一郎没有放弃。他的神经系统实际上只再生了一半，思考速度有些减缓，不过纯一郎还是注意到飘浮在周围的物体中有一些运动轨迹不自然。

哪怕只有一点点可能，生命也会诞生、繁衍。是的，这个世界是活的。这些生物的体长约为纯一郎的五分之一，基本上是香烟——地球上的一种成瘾物品——的形状。它们身体靠近中间的位置长有三片翅膀，互成 120 度角。“香烟”的一端有不同的组织，看起来是这种生物的头。身体和翅膀上都长着致密的茶色毛发。“香烟”一共有十根，不知道它们是不是对纯一郎有兴趣，每一只都将头朝着它，忽近忽远。纯一郎试着剧烈抽搐了一下，它们便像受了惊吓似的远远退开了。

如果它们具有智慧，或是智慧生命创造的机器人，说不定可以帮助自己。但纯一郎并不知道如何确定它们是否具有智慧。如果是妈妈，肯定可以确定，而且连交流的手段都会知道，但纯一郎本来应该在宇宙空间中玩耍，所以妈妈并没有告诉他这些知识。可就算不知道，如果什么都不做，自己肯定会死。

试一下总不会有损失，不妨和它们交流看看。如果它们具有智慧，智慧生命之间相互努力，多少能实现一些沟通。纯一郎下定了决心。

纯一郎停止运动。为了交流，必须进行身体接触，而如果自己一直在动，对方也许会产生戒心，不敢靠近。

那些生物们一开始似乎提心吊胆，远远张望着，过了几个小时，终于有胆大的慢慢靠近过来。纯一郎心里发痒，恨不得马上捕捉，但还是耐住性子，继续装死。

又过了五个小时，机会终于来了。它们中的一个来到了几乎接触到纯一郎体表的距离。纯一郎的体表瞬间射出鞭子一般的捕获手，把它紧紧缠住。捕获手上传来钝钝的冲击感，生物被缠住的地方不自然地扭曲起来，动的力道越来越弱。纯一郎无法判断这样的反应到底是正常还是异常，但是好不容易有了接触，自然没有白白放开的道理。其他生物在纯一郎周围飞舞徘徊，在大气中放出强烈的疏密波。

对于这种生物如何与同伴交流，纯一郎毫无头绪。他决定不管三七二十一，尝试下自己与别人交流的方式。他伸出传导管，试着插入生物的身体。对方身体上较大的孔洞有两个，一个在头部中间，另一个在最后面。纯一郎认为头部中间那个可能具有某些感觉器官，于是将传导管塞入了后面的孔洞。孔洞比传导管的直径小，插入时迸裂开来，喷出一些液体。本来已经安静下来的生物又开始剧烈地扭动身体。纯一郎不知道液体的成分，只能祈祷那不是坏的征兆。

他稳定自己的情绪，放出信息传导物质。

"您好，我来自外面的世界，我叫木下纯一郎。"

但是生物体内的压力比预想的要强，无法顺利注入信息传导物质。于是纯一郎提升压力，再度尝试注入。

"我是木下纯一郎！请问您叫什么？"

生物身体的一部分肿胀起来，剧烈的疏密波从头部的孔洞里发出。这时纯一郎终于意识到疏密波或许才是这种生物的交流手段，对方正用疏密波回答自己的问题。话虽如此，可纯一郎也无法解读疏密波，只能继续注入传导物质。

"能回答我吗？方便的话，您能用传导物质回答我吗？"

生物不断痉挛，前方的孔洞里吐出泡沫状物质。纯一郎尝试吸收泡沫，但里面并不包含信息。

"能听懂我的话吗？"纯一郎将压力加到最大。

生物的躯体再度膨胀，然后僵硬不动了。

纯一郎对这个变化还抱有一丝希望，又努力了一次。

“求您了，我迷路来到了这个世界……”

生物的头一半飞了出去，看来是高压的信息传导物质从内部撑破了生物的身体。周围的生物像是发狂了一般在纯一郎周围飞舞。纯一郎抓着生物的尸体，无计可施。

怎么办？如果这种生物具有智慧，我就是干了无法挽回的事。

纯一郎自责了半晌，但是仔细想来，自己除此之外确实没有别的交流方法了。既然事情已经发展成了这个样子，为了不让这个生物白白死亡，纯一郎决定自己必须活下去。他把捕获手插入破裂的孔洞，将生物撕扯开来。生物体内溢出大量体液，聚集成大圆球飘浮在空中。纯一郎观察其体内，了解了基本构造。生物前方的孔洞显然是用来摄取食物和气体的，还可以释放疏密波；后方的孔洞用于排泄和生殖。大致分析了组织结构之后，纯一郎把生物体内的器官切下来，吸收到自己体内。这个办法虽然粗暴，但这也是人类为了适应新世界，从很久以前就开始采用的方法。这个世界的土著生物适应这个世界，具备能在这个世界生存的身体功能，纯一郎要将这些原封不动地继承过来。人类具有免疫控制能力，也能够产生将土著生物的脏器和自身脏器相连的通用缓冲组织。

手术花费了几个小时。有了土著生物的肺，纯一郎也可以呼吸了。移植中用不到的肌肉、骨骼、皮肤、毛发等都被纯一郎直接吃掉，用他刚获得的消化系统去消化、吸收。这样，死亡生物的躯体就不会白白浪费，纯一郎心灵的创痛也得到了治愈。更重要的是，迫在眉睫的生存危机得以解决，有时间考虑逃脱的方法了。

为了计算逃逸轨道，首先需要设定坐标系。在宇宙空间中飞行时，是以恒星的位置为基准设定坐标系的。但这里有大气的阻碍，观测不到恒星。纯一郎搜索整个天空，寻找可以作为基准的物体。第一个基准很快就找到了，那就是导致他来到这个世界的脉冲星。脉冲星正有规律地发射着强烈的气味。而第二个基准是黑洞，可以通过小而稀薄的吸积盘发出的声音来定位。

从理论上说，只有两个基准也可以设定坐标系，不过在两个点的相对位置会发生变化的情况下，最好还能再有一个点来对坐标系进行修正。纯一郎在相距百余千米的地方发现了第三个基准，那是气体星内由大大小小的陨石集合而成的旋涡。说是旋涡，但并没有旋转着把陨石往里吸，每颗陨石差不多以 100 分钟为周期围绕中心旋转，很有规律。而且它们的轨道不是圆形，而是非常扁的椭圆，其短径正对着黑洞的方向。实际上，包括纯一郎在内的全部大气都在以那一点为中心旋转，不过这也是以黑洞和脉冲星为基准之后才发现的。这样的现象自然引起了他的好奇，不过眼下最重要的还是回到妈妈身边，就不去探查那个旋涡了。纯一郎相信，只要将这件事告诉妈妈，妈妈一定会给自己一个合理的解释。

纯一郎继续研究逃逸的方法。他现在感觉不到加速度，基本可以确定自己正处在自由下落的状态。换句话说，是在黑洞与脉冲星的轨道上旋转。不管这个轨道是什么样子，只要有充足的能量和时间，不断改变轨道，就可以返回宇宙空间。问题是纯一郎本来只在宇宙空间中飞行，没有在两个以上的重力源附近的轨道飞行的知识，只能不断尝试。总而言之，如果能从气体星中飞出去，达到可以将黑洞与脉冲星视为一个重力源的距离，前景就比较乐观了。严格的轨道到那时候再分析也不迟。

就在这时，大量疏密波包围了纯一郎。仔细一看，一百多只和刚才一样的生物，在上下左右前后各个方位围住了纯一郎。每只都拿着金属棒一样的东西，金属棒的顶端对准了纯一郎。

难道是要用武器攻击我吗？一定是因为同伴的死而愤怒了。我应该告诉它们那是个意外吗？可是怎么告诉它们呢？如果插入传导管的话，对方又会死掉，只会让情况恶化，但是自己又无法理解对方的交流方式……到底怎么办才好呢？

“跑得再远也没关系，记得一定要回来，把看到的、听到的都告诉妈妈。”

对，我一定要活下去，回到妈妈身边。不能坐等它们杀了我。

纯一郎在体内生成了与生物数量相同的天线。生物们突然将金属棒高速旋转起来，一起向纯一郎冲来。纯一郎的全身各处都射出针一般细的天线。与它们的皮肤相比，天线的硬度大得多，瞬间就将它们一个个刺穿。

“对不起，请原谅，我没有办法……”纯一郎放出的传导物质像雾一样，徒然地飘散。

纯一郎带着悲伤的心情，吃光了生物们的尸体，决定沿着黑洞、脉冲星和旋涡中心三点所确定平面的垂直方向——即旋转轴的方向——前进。应该向哪个方向前进其实并无依据，不过这个方向可以俯瞰黑洞和脉冲星，对下一步计划应该有利。

纯一郎吸收周围的气体，将之压缩变成推进剂，然后将身体变成尖锐的锥体，开始出发。

由于大气阻力的存在，纯一郎的加速不如预期，不过因为是无重力状态，飞行没有很大障碍。他的身体前端由于摩擦变得温度很高，但因为提升了热传导率，所以不用担心相变。云朵、陨石、浮游湖一一从身边掠过，消失在了后方，然而周围却看不出有什么变化。就在纯一郎开始担心这幅景象会无休止地继续下去的时候，变化终于出现了。

前进到 300 千米的地方，纯一郎发现大气变稀薄了。到了 1 000 千米的地方，气压变成了原先的二百分之一。与此同时，他还清晰地感觉到一股将自己拉向原来方向的力。黑洞和脉冲星发出的辐射变得很强，令人痛苦。而天空的颜色逐渐变暗，纯一郎不得不多次调整光学传感器的灵敏度和频率。周围的云不知什么时候消失了，只有后方广阔的蓝色背景中还有云在飘荡。

气体星的质量大部分都集中在纯一郎所在的区域，从气体的分布可以推断出，存在某种力将它们吸引、封闭了起来，因此纯一郎并不是很惊讶。这个引力应该类似于万有引力，强度应该和距离的平方成反比。

从纯一郎目前所处的位置到极远的地方，都有延续的气体，不过都非常稀薄。他认为自己已经从气体世界逃出来了。

但在超过 2 000 千米的时候，纯一郎发现了奇怪的情况：引力开始随着高度的增加而增大。虽然近乎没有大气阻力，但引力成了阻碍。当高度达到一万千米时，引力超过了纯一郎的最大推力。他依靠惯性继续上升了一段距离，速度逐渐减慢，最终像落叶一样向下坠落。

随着坠落，引力再次减弱。纯一郎重整态势，再度上升。但是，一旦超过一万千米，引力便超过了纯一郎的推力，又拉着他开始坠落。

纯一郎还是不肯放弃，反复挑战，直到推进剂终于见底，开始自由下落。他只能眼睁睁看着自己以极高的速度向蓝色世界冲去。

最终，纯一郎以超过时速 3 万千米的速度冲进了气体世界。一转眼间就因为摩擦而被火焰包围。巨大的热量将他身体外侧的组织全部烧焦，他失去了意识。

醒过来的时候，纯一郎又一次飘浮在相同的蓝天中，仿佛时间倒流了。一开始来到这里时一定也发生了同样的情况。辛辛苦苦修复的组织又变得破碎不堪，他的身体更小了。

纯一郎观察周围，只见距离10千米左右的地方飘浮着肉块，显然是自己身体的一部分。他奋力飞行，来到肉块旁。肉块比他现在剩余的肉体还大，烧得焦黑，还在抽搐，并没有启动自我修复功能。是因为没有“核”就无法保持同样的功能吧。纯一郎插入传导管，肉块内部被切断的神经拼命地诉说着痛苦。他将肉块撕开，吸收到体内，肉块产生的传导物质表达出痛苦、恐惧和愤怒，不过随着渐渐融合，那些传导物质终于消失了。

修复告一段落后，纯一郎开始思考自己身上到底发生了什么。将自己往气体星的旋涡中心拉的引力的确存在，并且那种力距离中心越远就会越强，无法按照万有引力的常识来理解，他只能放弃了解析。他认为当前重要的不是理解原理，而是掌握现象层面的知识。只要能够活着回去，妈妈应该会解析出来的，自己的任务就是将知识传给妈妈。

纯一郎再度补充推进剂，这一回朝着黑洞的反方向前进。他认为异常引力可能是黑洞引起的，如果远远离开黑洞，影响应该会变小。

这次飞行一开始也和上次差不多，只是黑洞在纯一郎的后方。有了前一次的经验，他不再乐观，而是一直担心着不知何时又被拉回去。

不过这次不知怎么回事，除了自身的推力之外，竟有一股向外的力量在帮他加速。看起来，如果沿着旋转轴的方向前进，指向中心的引力就会起作用，而沿着旋转面前进，从中心向外的力就会起作用。

纯一郎开心极了。早知如此，一开始就沿这个方向前进就好了。不过，这是多么不可思议的现象啊。这里的磁场方向不同，有时变成引力，有时变成斥力。在这样的磁场下，居然能形成稳定的世界，其中一定有什么不知道的原理吧。如果妈妈听说了这个世界的情况会怎么想呢？肯定会非常高兴并为我骄傲吧。良子姐姐肯定也会对我刮目相看的。

纯一郎的心情变得愉快起来，所以他没有发现路线在不知不觉间偏移了。他的轨道朝着脉冲星画出一道大大的弧线，这说明除了斥力之外，还有一种垂直于前进方向的力在起作用。当终于发现情况不对时，他吓得惊慌失措。

完了！又要发生同样的事了！

纯一郎想起自己曾因盲目反抗脉冲星的引力而陷入了

困境，于是放弃挣扎，姑且听凭这股力的作用。轨道划出了更大的弧线，不知不觉间气体世界近在眼前了，有股引力正将他拉回去。

纯一郎觉得不能被拉回去，便开始向气体世界喷射。他逐渐离开了世界的中心，速度也在逐渐变大。但是不知为什么，将他拉回气体世界的引力也变强了。纯一郎一边进行着最大功率的喷射，一边开始了以气体世界为中心的圆周运动，就像气体世界的中心存在重力源一样。

推进剂终于用完了，纯一郎以为自己会再度落入世界中心的旋涡，但这次却发生了更为奇妙的现象。在他落向气体世界的途中，引力的方向又变了。他一边被拉向相反的方向，一边神奇地减速下落，在画出一道掠过世界的圆弧之后再度离开。接着，指向世界的引力又开始发挥作用，纯一郎飞入了另一个弧形轨道。

这样反反复复之后，轨道一片混乱，纯一郎一头冲进了大气，再度燃烧起来。

纯一郎的身体变得焦黑，大小还不到原来的三分之一。几天后醒来的时候，他知道自己的机会不多了——“核”受到了损伤。其他器官还可能再生，唯独“核”不行。通常不会有什么东西能损伤“核”，可能是因为持续受到巨大冲击，身体到极限了吧。如果“核”被损坏，纯一郎的人格就会丧失，再也无法复活。

即使如此，纯一郎还是捕猎土著生物，再生身体组织，勇敢地继续飞行。他再次失败，再次再生，再准备下一次飞行。

不管往哪个方向飞，最终都会被拉回世界。唯一弄清的是，方向不同，发生的现象也不同。沿着旋转轴的方向前进时，越往前，往回拉的引力就会越强；沿着旋转面前进时，一开始是无重力，渐渐地，从中心向外的斥力会起作用，接着变成旋转方向的力，再变成拉回世界的力。之后，力的强度和方向不断变化，最终将纯一郎拉回世界，化成火球。

是的，纯一郎落入了陷阱。这个世界虽然类似重力井，但并不是重力井。它不满足于积蓄大量气体，不肯放纯一郎离开。

经过无数次鲁莽的挑战，纯一郎的肉体和精神都被折磨得近乎崩溃。他的身体缩小到原来的十分之一，一百多个传感器中还能发挥作用的只剩下五个。“核”常常发生泄漏，性能下降为万分之一。

随之而来的是神经元的再生率和意识水平的低下，纯一郎连回想自己的名字都困难。

这样的情况反复经历过无数次之后，纯一郎已然分不清自己是人类还是这个世界的原住民了。他原本的身体差不多消失了，都替换成了土著生物的部件。虽然这样的身体很容易适应这个世界，但能否在宇宙空间中维持生命，是个令人担忧的问题。

不知不觉间，纯一郎的行为开始变得像这个世界的生物一样。移动的时候不再使用喷射，而是在几根天线间生出皮膜，当作翅膀笨拙地飞行。每天他都在天空中悠然飞翔，以确保自己的领地不被别的大型生物入侵。当然，天空中没有分界线，但是到处飘浮的陨石大体上以同样的周期围绕旋涡中心旋转，他把那当作领地的标记。没有风的时候，陨石会向旋涡中心徐徐下落，起风的时候则会向外散开，因此时间一长，陨石标记就会改变。不过生物各自的领地早在那之前就会发生变化，所以并不是问题。

纯一郎可以在体内制作许多种武器，在这里基本是无敌的，不过他并没有胡乱扩大领地的范围。只要肉体的再生结束，一段时间内就不需要移植部件和摄取食物，因而也就没有维护领地的必要。不过只要遇到来挑战的生物，纯一郎总会将之击败，领地自然而然就形成了。

他最喜欢的游戏是钓鱼。因为微妙的大气作用，云层不断重复着产生、蒸发、消失这一过程，有时候水滴在蒸发之前蓄积起来，在空中形成湖泊，湖泊中生活着各种大小的美丽鱼类。纯一郎可以切换为液态环境模式飞入其中，自由自在地游泳，同时用无数触手捕捉鱼类，再飞入大气将鱼放掉。鱼儿们会变成彩虹色的鸟，消失在湛蓝的天空中。

纯一郎大部分时间都在睡觉，其他时候就是晒太阳吸收黑洞和脉冲星的电磁波。他本来可以在这种状态下半永久地生存，但是原本可以实现完全再循环的代谢系统已经生锈，有时无法进行再生，必须排出老化的废物，然后为了补充损失的物质，又要进行有机组织的移植。

一些猎物在较大的陨石中筑巢生活，纯一郎会去偷袭它们，武器是以云的成分为原料、用电磁能量一点点酿造而成的挥发性氧化剂。他将这种化学物质灌满体内的推进剂舱——反正有了翅膀，不需要推进剂了。

锁定袭击的目标之后，纯一郎就趁它们不注意时迅速靠近，从陨石表面的开口处倒入氧化剂。这个世界的大气是还原性的，氧化剂暴露在其中，就算没有点火装置，只要有一点点摩擦热或静电引燃，就会爆炸。

当几天后爆炸的热气散去，纯一郎就把身体变得像蛇——地球上的一种动物——一样潜入巢里。陨石内部犹如迷宫一般复杂，到处散落着奇形怪状的东西，他花了不少时间探索。他寻找的是生物的尸体，尸体基本都被烧得焦黑，不过也有部分保留了下来。纯一郎把状态好的部分切下来，组合进自己体内。遇到还没死的猎物，纯一郎不会杀死它们，而是进行活体解剖，这样移植的成功率更高。

“对不起，对不起。”纯一郎的心底隐约回荡着一个声音。这个声音让他略微有些不安，不过很快就消失了。

纯一郎忘记了要回到妈妈身边，决定永远留在这个世界了吗？不，没有。

有一天，纯一郎飞去了旋涡的中心，却没有遇到狂乱的风暴。狂乱的风暴在世界的边缘，旋涡中心反而是一片平静的深蓝。不过与其他地方不同的是，这里飘浮着相互碰撞摩擦的山一样大的陨石。

因为陨石很多，所以这里出现了其他地方很少见的现象：黑洞和脉冲星发出的电磁波都被陨石遮挡，只露出一块小小的夜空。

纯一郎进入了这块夜空。虽说是夜晚，天空中还是闪烁着蓝色的光芒，看不见星星。冰冷的大气包裹着他，让他感到凉爽、安静。

纯一郎意识到自己正处在旋涡的中心——也是世界的中心。庞大的气体世界，正裹挟着无数陨石、云朵、湖泊、生物，围绕着纯一郎旋转。

纯一郎找到了世界的秘密。

纯一郎在真空中疾驰。

妈妈还在等我吗？我回来得太迟了，妈妈是不是放弃了我，去别的星域了？应该不会的。妈妈不是说一定会等我们回来的吗？妈妈信任我们。妈妈要我们回来，我们肯定会听妈妈的话，妈妈也会等我们的。

纯一郎用这些话来消除自己的不安，但是又有别的不安掠过心头。妈妈还能认出我吗？我变得这么小，又完全变了样子。

纯一郎将意识集中在“核”上。

我一定要活着回到妈妈那里。许多生命都因我而逝去了，如果我不能完成使命，就白白浪费了大家的生命。

纯一郎将剩余的传感器功率开到最大。距离约定的地点还有大约 0.5 秒差距，如果妈妈等在那里，应该就可以探测到了。纯一郎奋力凝聚视线，竖起耳朵，但是那个方向只有电气干扰传来。他想到那些因为自己而死的生命，不禁陷入了绝望。

就在这时，从非常近的地方突然传来了熟悉的气息。

妈妈的气息！

纯一郎因为把传感器的目标集中在了一个点上，所以没有发现。实际上妈妈为了寻找纯一郎，从约定地点飞过来了。因为找到了妈妈，而且妈妈还能认得现在的自己，纯一郎心中无比激动。他不顾“核”的过载，以最大功率形成磁场，改变行进路线，一边克制着兴奋的心情，一边斟酌着向妈妈汇报的词句，把信息传导物质囊胀得满满的。不管怎么说，这是自己第一次对妈妈说话，措辞必须慎重。

人类的孩子一生中只有一次能听妈妈说话，也只有一次能对妈妈说话——出生时听妈妈说话，游玩归来时对妈妈说话。

妈妈的甜美气息裹住了纯一郎。他的眼中全是妈妈的身影，妈妈的若干捕获手朝纯一郎伸来。

纯一郎心中喊着“我回来了”，朝妈妈胸口的方向飞去。

妈妈开始了捕食行动。

纯一郎被接二连三伸出的捕获手抓住，无法动弹。在超出想象的压力下，他体表破裂，骨骼折断，内脏飞溅。捕获手将他的眼睛、耳朵、舌头、天线逐一扯下送进妈妈的嘴里。

在从未感受过的剧痛中，纯一郎蒙眬地想：妈妈，你的插入口在哪里呀？

到了那个世界的中心之后，我终于发现，世界在旋转。那一瞬间，我体内沉睡的神经元苏醒了。我想起来了，在低消耗模式下，为了避免老化，与生存无关的线路都会被切断，神经元也会被冻结，只有在获得重要信息的时候才会自动解冻。

其实刚到那个世界的时候我就发现它在旋转，但直到在它的中心看到整个世界旋转的样子，我才理解这种旋转的重要意义。

运动的物体如果没有力的作用，就会保持恒定的速度做直线运动。为什么这个世界的一切却在旋转呢？一开始我以为是所有东西都随着旋转的大气一起旋转，但是我错了。就算是大气，也具有惯性，不可能无缘无故做旋转运动。肯定有某种力将陨石、大气和所有的一切都拉向中心。

但是中心处看起来什么也没有。我感觉很奇怪，想确认一下，便顶着风试图克服公转。换句话说，也就是试着与黑洞、脉冲星以及旋涡中心保持相对静止。如果旋涡中心有引力，我就应该朝那里下落。

但是我并没有被拉向中心，反而受到了一股推离旋涡的力。随着速度的加快，我再度开始公转，这就像我试图从这个世界逃出去时所经历过程的缩小版。

我终于明白了，控制这个世界的不明力量，不仅与物体的位置有关，与速度也有关。

妈妈告诉过我，与天体的距离越近，天体的引力就越强，越远则越弱，所以我以为所有的力都是这样的。我以为要想逃脱力的控制，只要提升速度就可以了。但是，这个世界存在着与速度成比例增大的力。为了逃脱那种力，速度不能过快，必须保持低速。

不过，知道了这一点还是无法逃脱。这个世界还存在与位置有关的力，离中心越远，这个力就越强，会让物体不断向外加速。所以就算慢慢出发，不知不觉就会变快，然后又被强大的力拉回去了。

所以我使用了磁力制动。脉冲星的磁场强弱以差不多一秒的周期变化，要让磁力制动的周期和它同步并不困难。我保持着低速向脉冲星前进，慢慢地离开了旋涡。不久，磁力制动很难再控制住速度，拉我的力——大部分应该是脉冲星的重力，不过也有别的成分——开始变大。我又画了一条大弧线，被拉回世界的方向，不过这一次在抵达世界前我改变了方向，再次飞向脉冲星。我被从束缚中解放了，画的每一条弧线都离脉冲星更近了一点。

最后我终于飞到了足够接近脉冲星的地方。为了不犯以前的错误，我小心地调整轨道，向脉冲星俯冲。接着我被弹了出来，进入了比围绕黑洞的轨道更高的轨道。

那之后，我把身体变薄、拉伸，依靠黑洞和脉冲星放出的电磁波不断加速。

我唯一的担心是妈妈还在不在等我，但现在我知道自己是杞人忧天。因为我已经见到了妈妈，也和妈妈说话了。

妈妈，我好想你啊。

消化了纯一郎，将传导物质解读完毕的妈妈，陷入了思考。

这个单元落入了黑洞和脉冲星构成的多合星，花费了很长时间逃脱，导致回归延迟。它的身体组织大部分都丢失了，肉中有特殊的臭味，应该是移植了原住生物的组织。这使他体内的化学物质偏离了正常值，“核”濒临崩溃，不久之后就会停止功能吧。

这个单元的目的是探测宇宙空间，只搭载了单一重力源的轨道计算模式，所以对于多合星附近的物体运动无法立刻正确应对，而且它在重新设定坐标系的时候，错误地将围绕彼此公转的天体作为了基准，没有满足惯性参照系的条件。

这个单元为了摆脱困境，在惯性参照系以外的坐标系中，引入了它观察到的力——通常所说的离心力、科里奥利力——与天体重力，一次次修正轨道。

单元认为这些力以及由此形成的气体星是新发现，赶回来报告。但其实，如果不是因为坐标系设定错误，不用引入未知的力也可以解决。而且，将围绕共同重心旋转的两个天体作为正三角形的两个顶点时，第三个顶点处存在稳定的拉格朗日点，这早在天体力学兴起之初就已经研究过了。只是因为没有考虑到用于宇宙空间探测的单元会靠近天体，所以一开始就没有赋予它这些信息而已。结果，为了等待单元的回归而推迟了出发时间，真是毫无意义。

失望刹那间掠过妈妈的心头，不过她立刻又想开了。

虽然从结果看没有意义，但能带着有用的信息回来的单元本来就很少。如果从一开始就否定它们成功的可能性，就不可能获得新知识了，因此必须逐一检查每一次尝试的结果。只有经历无数次尝试后能获得成果，那就不是无意义的。不可能每次尝试都能成功，也不可能只进行必然获得成功的尝试。所以我的判断没有错。只不过针对这个单元来说，它的记忆并没有包含新的发现，为了有效利用存储空间，没有保存它的价值。决定删除。

妈妈将纯一郎完全、永远地忘记了。

接着，妈妈进入超速模式，踏上了旅途——向着人类未曾涉足的希望之地。

世界上满是骄傲的种族，

他们的高洁不容侮辱。

以错误的方式去接触，会给双方都带来悲剧。

古时候，他们和地球人接触，吸收了其中的一部分。

但那是另一个可怕的故事。

如果你想听，我也可以给你讲。

△

他们虽然有巨大的勇气，但对现在的我来说太粗暴了。

如果可以，我想听别的故事。

△

粗暴无法避免，

不可能永远逃避、躲藏。

如果总有一天不得不面对，那还是越早越好。

△

○

我不是逃避也不是躲藏，

只是现在还没有准备好。

总有一天，时机会来的。

○

时间推动一切，但不能将它看得过重。

在时间流扭曲的世界，每个人都知道这一点。

时光荏苒，物非人非。

想要寻求不变的东西，到最后都是一场空。

不变的东西永远得不到。

○

△

老师你总在说些我不懂的话。

那是不是只要有不变的东西，就总有一天能得到？

因为它永远都在那里。

△

如果你是这样想的，那我就给你讲一个故事。

被永远的爱包围的少女的故事。

△

看海的人

是啊，我在看大海。

(老人这样回答我。)

你是旅行者吧？果然如此。是不是想问我是怎么知道的？因为我在这里好歹算是个名人，几十年了，差不多每天都会坐在这儿看海，一看就是一整天。这一带的人，不管是山上的还是海边的，全都知道我的事。所以你刚刚特意问我是不是在看海，不就是在告诉我你不是这里的人嘛。

你问我为什么晚上坐在这里看海？哈哈哈，是为了看那个啊。你什么都看不到？当然啦，因为你没有望远镜嘛。来，我的望远镜借你，这样就能看见了吧。

还是看不到？奇怪了，我明明看得很清楚啊……没关系，反正太阳就要升起来了，那时候你就能看见了吧。

不，不是说能看见海。海面永远是漆黑的，没啥好看的。我看的是漂在漆黑海面上的那片白色，在早晨超光的照射下会闪闪发光，可漂亮了。

(我在老人身边坐下，向他请教海面上漂浮的是什么。)

你真是个奇怪的小子，居然喜欢和我这样的老家伙说话。

好吧，从哪里说起呢？我已经好几十年没有和人说过这个故事了，不知道怎么说你才容易明白……仔细一想，我好像从来没和人说过。大概是以前一直没有心情和人说，后来也就没有人问我了吧……

第一次见到卡慕萝米，是在13岁那年的夏日祭典上。我还记得，那天她混在熙熙攘攘的人群中，踏着古怪的步伐，打量街道两边的货摊，脸上满是好奇。看到她那种既像是走又像是跳的走路方式，直觉告诉我她是个从海边来的女孩。她的肌肤白得透明，浑身上下散发出年轻健康的活力。我从来没见过比卡慕萝米更美丽的女孩——在那之前没有，在那以后也没有。我的一帮朋友喜欢损人，说我之所以喜欢她，无非是因为她穿得少，露出了大片肌肤，勾起了我的欲望。哪有这回事，你要是看到当时的她，就会理解我的。

那时我还是个孩子，喜欢把自己想象成不近女色的英雄，从来不肯正眼去看女孩。但那个时候，我竟然鬼使神差地主动去和她打招呼了。

我跟在卡慕萝米后面，呼吸急促，紧张得要命。我回想着平时同朋友说话的语气，表面上努力保持平静。

“你是从海边来的吧？”为了装出成熟的样子，我把声音发得格外用力，“是第一次来参加山上的夏日祭典吧？我领你参观参观怎么样？”

卡慕萝米瞥了我一眼，然后就当我这个人不存在似的，径直走开了。但她那一眼已经贯穿了我的胸膛，我的心扑通直跳。

我紧追在卡慕萝米身后。

“你别跑啊。”

话一出口，我就被自己的轻浮吓了一跳。我此刻的所作所为和附近那些不良少年有什么区别？不过我的脸皮终究没有厚到那种程度，只追了两步就不敢再追了，只能站在原地眼睁睁地看着卡慕萝米走开，任由自己与她接近的机会一点点消失。

但幸运的是，卡慕萝米站住了。

“我不是坏人。”我不顾一切地开始解释，“我平时不是这样的，真的，从来都不是。我最看不起的就是整天跟在女人后头耍流氓的家伙。但是，今天我有点不对劲……反正我不知道怎么回事，突然就有股冲动，特别想和你说话。”

这次，卡慕萝米没有瞥我，而是转过身来直视我的脸。接着，她露出不可思议的表情，举起手中的团扇，对着自己的脸颊扇起风来。

卡慕萝米的前额沁出一层细密的汗，几缕头发贴在上面，被团扇的风吹得飘了起来。一阵若有若无的香气在周围的空气里散开，我的鼻子痒痒的。

“今年我要乘山车。你知道山车吗？是装饰华丽的大车哦！夏日祭典的重头戏就是全村的年轻人拉着山车，绕着整个村子转圈。等山车的速度达到最快时，在普通光下就只能看到一团模糊的闪光。就算在超光下看，也只能看到支离破碎的残影。”说到这里，我停了一下，偷偷看了看她的反应。

她没什么特别的反应，还是像刚才一样，用奇怪的眼神看着我。不过我发现她的嘴唇微微张开了，像是想说什么。

“村里会把所有十台山车都拿出来比赛，到时候场面精彩得不得了。去年祭典的时候，就因为有的山车速度太快了，冲击波把街道两边的货摊都吹垮了。而且山车一跑起来就很难停下，去年一直绕着村子跑了三个月，但拉车的人自己一点感觉都没有，他们的时间比真实时间慢了几百倍，都以为才过去几小时而已。”

她矜持地笑了笑。看来我的夸夸其谈起了效果。

“别笑啊，是真的。拉山车的时候，只有经过特别选拔的人才能站在上面。毕竟那是在以亚光速飞奔啊！站在上面就已经很困难了，更不用说还要在上面又跳又唱，而且山车拐弯的时候还要比谁跳得高，相当危险。五个人里差不多要有三个人会被离心力甩出去，甩出去的家伙要么撞上围观的人，要么撞上地面，运气不好的话，死掉都有可能呢！不过我们一点都不在乎，谁让我们是男人呢！”

听到这里，卡慕萝米轻轻咬住了自己的嘴唇，侧过头向旁边看去。我的冷汗一下子冒了出来。

大概是我说得太过火了。我一个劲儿想把自己村里的风俗说得有趣，但谁知道会不会给她留下不好的印象？她不会觉得我们这里是个野蛮的地方吧？

我急得开始乱夸海口了。

“好不容易来这里参加祭典，要是不去看山车，那绝对是白来一趟。你想不想到山车上站站看？本来女人是不能上去的，但你要想上去的话，我帮你去打声招呼就行了。”

我紧张地注视着她的脸。她的头偏在一边，视线不知落在什么地方。

突然之间，她像是河堤决口般大笑起来，银铃般的笑声在我耳朵里蔓延开来，让我痒痒的。我享受这种感觉，但还是马上回过神来。

“为什么突然笑成这样？”

“因为……”她捂着肚子，上气不接下气地说，“因为你根本是在信口开河嘛。”

一瞬间，我很后悔自己刚刚说了那些蠢话。当我发现她的眼里没有任何厌恶之后，才松了口气。

“你这孩子还挺有意思。”卡慕萝米微笑着说。

到底该怎么判断她微笑的含义呢？我并不是没有见过年轻女孩对我微笑，但卡慕萝米的微笑更像是觉得眼前这个小男孩可爱而已。其实我们的年龄差距并不大，那年卡慕萝米不过才 15 岁。13 岁的少年爱上 15 岁的少女是很自然的，但反过来，15 岁的少女又会对 13 岁的少年有什么样的感觉呢？这个问题直到今天我也没弄明白。女人的心思，实在是让人捉摸不透。

“那么怎么样？我带你参观吧？”我急于知道她的心思，赶紧问道。

“嗯……”卡慕萝米想了想，用眼角细长的大眼睛看着我，“我确实不太了解山村的事情，想好好听你说说。可是没有时间了，我今天就要回去了。”

“啊？可是明天才有山车啊！好不容易来参加夏日祭典，不看山车就回去的话实在太可惜了！”

少女的目光忽然转到我的头顶上。

“卡慕萝米！你在干什么呢？”身后传来粗声粗气的问话。

我转过身，一个高大的男人站在我身后，身上的衣服明显是海边人常穿的样式。就是那个时候，我知道了少女的名字叫作卡慕萝米。

“爸爸！”卡慕萝米语气有些惊讶，“你不是在旅馆休息吗？离出发还有点时间，好好泡个温泉……”

“不行，差点忘记了。二十倍村到晚上会关门，我们就进不去了。虽然晚上不会一直很黑，也不会有山贼，进不了村露天睡也没问题，可是带着你我总是不放心。”卡慕萝米的父亲转头瞅着我，“你在跟我女儿说什么？”

我被她父亲的气势镇住了，哑口无言。

“我刚刚在向他问路，”卡慕萝米帮我解了围，“然后就说了说山车的事。”

“山车？”男子皱了皱眉，“那种东西太危险了，不许去看。”

“我也没有要去看拉山车啦，”卡慕萝米对父亲撒娇道，“可是，现在往二十倍村赶也太急了。不如晚点出发，就算明天再走，我们回到海边的也只比预定时间晚十几分钟而已。”

“嗯……”父亲好像在考虑她的建议。

她趁着父亲不注意，飞快地对我眨了眨眼。我不知道她只是单纯使个眼色，还是有别的什么意思。而且她眨眼的速度太快了，我甚至不确定那是不是眨眼。

吃惊之余，我也眨了眨眼睛。气氛突然变得乐观起来，卡慕萝米的父亲好像采纳了她的建议。

为了确认我们此刻心意相通，我鼓起勇气又向她眨了眨眼睛。

“你在干什么？”我的动作被她父亲看见了。

“沙……沙子到眼睛里了。”我一边在心里骂自己，一边辩解道。

“没有风，沙子也会到眼睛里？”

“眼睛大的人就会。”卡慕萝米轻轻拉了拉父亲的袖子，“爸爸你不明白的。”

“怪不得你也经常说眼睛进沙子了。”

“我去找妈妈，跟她说我们还要住一个晚上。”卡慕萝米说着想要跑开。

“等等。”父亲拉住了卡慕萝米的手。

卡慕萝米愣了一下，看着父亲。

“不对！”父亲大声说，“差点被你骗了。二十倍村的一天相当于这里的五天，就算我们迟一天出发，到达二十倍村的时候也还是夜里。要想在二十倍村的早上到达，我们就得晚两天半再出发。说是两天半，但我们又不能在半夜的时候出发，必须等到早上才行，所以实际上要晚三天。这样一来，我们到海边就要晚四十多分钟，所以今天必须出发。”

“晚四十分钟有什么关系啊！”卡慕萝米大声喊起来。

“时间就是金钱，住旅馆也要花钱。现在不走，浪费的钱可不得了啊。”父亲拉起卡慕萝米的手，“快走吧！”

“等一下，爸爸！”卡慕萝米扭过身子，“这样对这个孩子很不礼貌。刚刚他还说要领我参观呢。”

“对不起啊，小子。”卡慕萝米的父亲瞥了我一眼，冷笑了一声，“你这个年纪情窦初开还早了点。”

说完，他抓着卡慕萝米的手就要把她拉走。

“那……那个……”我不知道该说什么才好，只能怔怔地盯着卡慕萝米。

“明年我还会来的。”卡慕萝米与我擦身而过的时候，压低声音对我说，“就算明年来不了，后年也一定会再来的。”

她的耳语声和甜美的气息在我的胸膛里蔓延开来，把我的心填得满满的。

我想回答她，我会一直等着她，但舌头僵住了，什么话都说不出来。我的心追在他们身后，想紧紧握住卡慕萝米的手，身体却一步都迈不出去，周围的一切都好像成了慢动作。我只能呆呆地任由他们的背影逐渐消失在我的视野里。

卡慕萝米始终没有回头。

第二年，卡慕萝米没有出现。

夏日祭典期间，我一直在村里转悠，希望能够看到她的身影。曾经那么喜欢的山车，现在也对我失去了吸引力。过去的一年里，我满脑子都是与卡慕萝米见面的情景，整个人浑浑噩噩的，连乘坐山车的资格都懒得去争取了。

夏日祭典上，我不仅等着卡慕萝米出现，还主动去和海边来的人打招呼，试图从他们那里打听到卡慕萝米的消息。

有几个从海边来的人知道她。他们说，她的父亲在海边开店做生意，前些日子为了来参加山之村的夏日祭典，她家的店停业了几天。这才过去没多久，今年的夏日祭典她估计不会再来了。

我问他们卡慕萝米会不会独自来山上。他们说，她父亲不像是那种会放心让女儿一个人上山的人。

就这样，等到夏日祭典的最后一天，卡慕萝米也没有出现。我抬头看着灰蒙蒙的天空，轻轻叹了口气。

这一年，卡慕萝米的形象一天也没有离开我的脑海。再次见到她，几乎成了我生命的意义所在。可是，为什么我会这样肯定地认为自己能再见到她呢？

因为卡慕萝米亲口对我说，她会再来的。

可我那时候是不是听错了？是不是我的愿望太过强

烈，以为自己听到她这么说了？即使我没听错，那到底是不是她的真心话？她会不会是在骗我？是看到我那么失望，忍不住说谎安慰我？还是……

也许，她是打算明年夏日祭典的时候再来吧。

我缠着家人给我买了只望远镜，就是这只，五十年了。这么古老的望远镜还能正常使用，是很难得的。这可不是从海边拿来的骗人玩意儿，是真的已经用了五十年，你去问问附近的人就知道了。要是你还不相信，可以拿去做年代鉴定。

（我对老人说我相信这望远镜真的很古老。）

谢谢你相信。因为经常有人把山上的东西拿到海边去，在那里放一段时间再拿回来，然后当作自己家的传家宝来炫耀。那种东西虽然看起来古老，但一做年代鉴定就会露馅。

对了，望远镜的原理你知道吗？

（不知道，我理科学得不好，我说。）

这样啊。说实话，我也不是很清楚，而且都是五十年前的知识了，也不知道对不对。

（老人不管我想不想听，自顾自地说起了望远镜的原理。)

我们的祖先刚来到这个世界的时候，还没有感知超光的能力，也就是说，那时候的人们对于远处的物体，只能看到它们发出的光，听到它们发出的声音，生活非常不方便。离自己远的地方，地面看起来是往上升的，感觉就像生活在一个大碗的底部，连村子的全貌都看不到。天空也只有小小的一片，像是从吸管里往外看一样。

好在后来大家都可以感知超光了，慢慢也就能认识了世界的真实形状。不过没人知道这究竟是大家自然而然地适应了这里的环境，还是有人进行了某些人为的调整。

对了，你知道超光也有很多种吧？能量高、速度慢的超光和普通光差不多，而人能够感知的超光与之相反，是能量低、速度快的超光。

如果人能够感知的超光种类太多，反而不能正确地认识世界的形状。笔直飞行的低能量超光，是最适合用来认识世界的。

不过，虽然能够看到世界的真实形状是一件好事情，但也存在问题。在直线前进的超光中，没法看清远处的东西。比如，从这里看大海就像一根黑线。

你知道这里到大海有多远吗？水平距离差不多 250 千

米，因为时空变换，实际距离要短很多。但高度的变换与它相反，这里的海拔大约是 5 千米，实际上却要下降 10 千米才能到海平面。

我只去过海边一次。

在海边看大海，看到的是一片无边无际的黑暗，能看清楚的也只有近处的海面而已。

刚刚说过，超光有很多种。速度慢的超光和普通光差不多，会受到引力的影响而弯曲，照不到远的地方。而速度快的超光只能以直线传播，照不到想看的地方。唯一的办法就是找到一种速度合适的超光，它能刚好弯曲照在远处想看的地方，我们在这样的超光下看东西就像是从空中俯视一样。

望远镜的作用就是帮助我们找到速度合适的超光。

一拿到望远镜，我就马上跑来村子后面的这片树林里看海之村。这里视野开阔，一直很适合看海。海之村离大海大约 100 千米，虽然离这里有 150 千米，但村里的情况看得还比较清楚，毕竟山之村里的 1 米相当于海之村里的 100 米。但由于是俯视，高倍率的时候就看不出物体的高度。

调低倍率看的话，能看出那里每家的房子形状都很奇怪。低矮的建筑还好一点，高的建筑都怪异地扭曲着，就像在看视觉错位图一样。大部分建筑都是砖石结构，道路上也铺着整齐的石块，路两边好像还有花坛。

为了观察村民，我调高了望远镜的倍率。当然，我不可能看到人们家里的情况，只能看到那些走在路上的人，而且看到的只有他们的头顶和肩膀，我以此来推断他们的性别和大致年龄。

海之村那时应该是白天，路上有许多人。但在望远镜里，所有人都保持着走路的姿势僵在原地一动不动。实际情况当然不是这样，仔细观察的话，会发现他们其实都在动，只不过动作非常缓慢，每迈一步都要一分多钟的时间。而且不单是走路，他们所有的动作都非常慢。路上相遇的两个人，即使只是互相点头问候一声，也要花上半个小时；如果他们停下来说话，就得这么站十多天。望远镜里看到的大跨步的人，其实是在跑步。孩子们追着跳动的皮球的景象，球和孩子看起来都是接近定格的慢动作。

山之村与海之村之间有两个驿站，大家给它们起了绰号，分别叫作二十倍村和五倍村。大家往来于山之村与海之村的途中，会在这两个驿站分别住一晚，所以山之村与海之村之间的路程差不多需要两天半的时间。但实际上，从山之村出发的旅人，越往下走，身子就会变得越扁平，行进速度也会变得越慢，这两天半的路程在山上看起来，要花四十多天。因此一般很少有人会从山之村出发到海之村去。虽然对去的人来说只是趟短期旅行，但对山之村里的人来说，这个人来回路上就用掉了八十多天，在海之村住两晚的话，就离家一年了。

但反过来说，如果从海之村出发，越往上走，身子就会变得越细长，速度也会越快，往返一次连一天都用不了。哪怕在山上连住好几晚，也不过相当于海边的几十分钟而已。要是海之村的人有两天的休息，就可以在山之村停留一个月以上了。之所以有这么多人从海之村到山之村旅行，就是这个原因。不过，海之村的人如果往山上跑得太频繁，就会比同村的其他人老得快，所以一般年轻的女性都不大上山。

对于我们山之村的人来说，山之村独有的夏日祭典是一年一度的大事，但对于海之村的人来说，夏日祭典一个星期就可以参加两次。所以海边的人反倒比山上的人更加熟悉山上的仪式。

这么一想，虽然我在这里等了一年，但对卡慕萝米和她父亲来说才过了三四天。在她父亲看来，刚刚出门旅行了十天，没隔几天又要去同一个地方旅行当然很奇怪。所以不管卡慕萝米怎么恳求，她父亲肯定不会同意的。

我用望远镜搜寻海之村的每一个角落，试图找到卡慕萝米的身影。既然她没有来山之村，那就一定在海之村里。

但是，我花了好几天还是没有找到她。可能是我明明看到了她，但因为只看到了头顶，所以没认出来。

我想到了一个办法。

我开始用素描本把海之村的人们画下来。我在每一页都画上了全村的地图，这件事做起来很累人，不过后面就简单了，要的只是坚持。

每天早上，我一到树林就开始用望远镜观察海之村。我一边观察，一边在本子上把看到的人标记在相应的位置上。太阳落山之前我会再来一次，把同样的事再做一遍。反正山上的半天只相当于海边的几分钟，很容易就可以从前后两幅图的对比推测出每个人做了怎样的运动。

十几天下来，路上的行人渐渐变少了——海边的夜晚来临了。然后又过了一个星期，路上的行人多了起来——海边天亮了。

就这样，我用了几个月的时间，大体掌握了海之村每一家的家庭成员及其职业，还有他们的模样。根据我事先了解的情况——我知道卡慕萝米和她父亲的大致年龄，也知道卡慕萝米和她父母一起住，而且家里经营着一个商店——符合这些条件的只有几家人，于是我集中注意力观察这几家人的女儿，试图从她们身上找出符合卡慕萝米的特征。

终于，有一天，我看到了终生难忘的景象。

那一天，山上是早晨，海边大概是傍晚。几天前起，我观察的那个少女就开始向家附近的草地走去。好不容易走到后，她开始慢慢坐下来。我想，如果她坐下，能看到她的下半身，说不定我就可以找到一些卡慕萝米的特征。我虽然不担心她会察觉，但还是不由自主地屏住呼吸，凝视着她的动作。

上学的时间早就过了，但我一点也不在意。

少女并没有坐着，而是仰面躺在了草地上。

果然是卡慕萝米。

我的泪水一下子涌了出来。

啊，卡慕萝米竟然如此美丽！望远镜里的景象虽然很小，但我还是能看清卡慕萝米的美。虽然我与她已经分别了一年半，但她的相貌和我记忆中的分毫不差。对她来说，时间才过去几天，长相当然不会有什么变化。

微风中，她海一样乌黑的长发飘动得比水面上的水草还要慢。雪白的牙齿和皮肤，漆黑的眉毛和瞳仁，看得我春心荡漾。无论是多么美丽的雕像或绘画，和微风中的卡慕萝米相比，都会黯然失色。

一连好几天，卡慕萝米都躺在草地上。我没有去学校，每天一大早我就会来树林里观察卡慕萝米，一看就是一整天，直到很晚才回去。山之村入夜后，海之村的其他事物几乎都看不见了，唯独卡慕萝米在我眼里仍然非常清晰。我知道这很荒唐，但她确实在黑暗里闪闪发光。

第三天早晨，我看到一件让我非常吃惊的事。卡慕萝米从自己口袋里拿出一个小小的东西，慢慢把它举到了自己眼前。虽然那东西的形状和我手上的这个完全不同，但直觉告诉我，那一定是望远镜，而且她拿的角度是在往山上看。

卡慕萝米是在往我这里看!

我顿时惊慌失措，尽管我不确定卡慕萝米真的在看我。况且她也不可能看到我，因为从海之村往山上看，山之村的人动得都太快了，用望远镜也很难看清人的相貌。我虽然一整天都待在树林里一动不动，说不定能被看见，但她拿起望远镜不过才几秒钟而已，在这么短的时间内，从整个山之村里把我找出来是不可能的。

尽管如此，我一瞬间还是产生了与卡慕萝米视线交汇的错觉。我赶忙把望远镜塞回口袋，狂奔出了树林。

不知为什么，我毫无理由地羞怯起来。

又一年夏天，我已经完全地脱离了往日的伙伴们，对夏日祭典也毫无兴趣了。我抱着与卡慕萝米相见的一线希望，无所事事地等待着祭典的到来。

后来我再没用过望远镜。虽然每天还是会到树林里去，但我怎么也不敢把望远镜放到自己眼前。当然，我非常想用望远镜看卡慕萝米，尤其是随着夏日祭典一天天临近，我越来越想拿出望远镜确认她是不是正在向山上走来。

走出海之村需要好几天。随着旅人开始登山，他们身体的俯视面积会慢慢缩小，而垂直方向上则慢慢变长，行走速度也会逐渐加快。二十多天后，他们就可以到达五倍村，大家一般会在这里住一晚，不过从山上看来，他们停留了十天。从五倍村出发再走五天左右，就到达了二十倍村，在这里住一晚就只相当于山上的两三天了。旅人大多希望刚好在夏日祭典举办时到达山之村，所以会在五倍村和二十倍村住宿以调整自己的时间。从二十倍村出来，距离山之村就只有一天的路程了。最精彩的就是这最后的一段路，在望远镜中看，可以发现旅人的身体形状逐渐变化，从原来馒头一样的形状渐渐恢复到正常人的样子。如果能看到卡慕萝米这样变化，那多有趣啊。

然而，我却还是不敢把望远镜放到自己眼前。因为我害怕。

如果她要来参观夏日祭典，即使是来看最后一天拉山车的仪式，那也必须提前四十天从海之村出发。如果在此之后，还能在海之村看到卡慕萝米，那就意味着她今年也不可能出现在夏日祭典上了，而她明明说过会再来的。所以一旦发现她还在海之村里，就意味着她没有信守承诺。

如果卡慕萝米是个不信守承诺的人，那我就失去了活下去的意义。这样说似乎有点夸张，但我就是这样较真的人。所以我无论如何都不能去看海之村，万一真的看到了她，我就再也活不下去了。

（既然如此，为什么要等到夏日祭典呢？如果卡慕萝米不来，那用望远镜在海之村里找她，和在夏日祭典上找她不是一样的吗？）

不一样。因为我在心里承诺过要等她，所以要是没有坚持等到祭典开始的时候，我就违背了自己的承诺，还有什么资格指望她履行承诺呢？

后来，我终于再次见到了卡慕萝米。

她的样子和两年前一样。不过这没什么好惊讶的，就像刚才说的，虽然对我而言已经过去了两年，但对她来说——下山用了两天半，在海之村过了一星期，上山又用了两天半——仅仅是十几天而已。

真正让人惊讶的是，我想象中的卡慕萝米竟然和真实的她毫无二致。那时的我已经知道，回忆是会被美化的。我没有卡慕萝米的照片，除了两年前见到她时的情景，我脑海里就只有在望远镜里看到的那个小小的、模糊的她，而且我从半年前起就不再用望远镜看她了。所以照理说，卡慕萝米的美在我心中被放大了才对。

但是，不知道为什么，想象中的卡慕萝米与真实的她相比，竟然没有一点美化之处。难道是卡慕萝米太完美了，无法再被美化，还是因为我的想象力太贫乏了，无法想象出比她更美丽的形象？

“我们又见面了。”卡慕萝米给了我一个温柔的微笑，“你好像变样了，变魁梧了。”

“当然变了。”我向穿着夏装的卡慕萝米回以微笑，“已经过了两年，谁都会变的嘛。”

“啊，对不起。”卡慕萝米的表情看起来有些困惑，“我忘了这里已经过了两年，让你久等了。”

“没关系。”我入神地看着卡慕萝米，“我们终于又见面了。”

卡慕萝米也凝视着我。不知是不是因为我自己的感觉变了，她看我的眼神好像和两年前不一样了——不再是对小孩子的喜爱，而是年轻人之间的爱慕。

我情不自禁地想要了解她的一切。

“卡慕萝米，你生活的村子是什么样的？和山之村一样吗？”

“完全不一样。在山之村，身体轻飘飘的，好像扇子扇的风都能把人吹走。但在海之村，什么东西都很重，身体也是，站的时间久一点都会感觉累。”

“哦？我只知道时间的速度不一样，原来重力的大小也不同啊。”

“是啊。海边能看到的范围也比这里小很多。在这里，普通光下就能看到整个祭典，海之村里只能看到近的地方。”卡慕萝米环视了一圈，感叹道，“这里的光真的很美。”

我顺着她的视线向周围看去。现在是晚上，天空中几乎没有超光，只有一间间店铺透出的光亮。虽然此时的天空小小的，并不好看，但红橙黄绿青蓝紫七色的灯光包围着我们。头顶也有灯光照下，像是在为我们祝福。我以前从来没有注意过这些，然而这一天的灯光却给我留下了一生难忘的印象，也许传说中的星光就是这样的吧。

我的视线从头顶落回卡慕萝米身上。她全身笼罩在七彩光芒里，肌肤上的光斑随着她的移动缓缓变换着，真是一幅美得让人窒息的画面。

“时间和空间的扭曲也比这里明显得多，即使是家里的一楼和二楼都不一样。”

卡慕萝米的话把我从出神的状态中拉了回来。我说：“那可不太方便。”

“大概差二十分之一吧。从二楼的窗户看出去，下面行人的身材要比实际矮胖一些。想到自己在别人眼里也是那个样子，还是有点吓人。不过要是站在下面往上看，二楼的人就会显得又高又瘦。另外，一楼和二楼看上去一样大，可实际走进去就会发现二楼比一楼大了差不多一成。严格地说，同一层的地板和天花板的大小都不一样。所以，海之村的房子在山之村的人看来都有点扭曲。”卡慕萝米用银铃般的声音说着，“时间也是这样，二楼比一楼的时间多。如果有什么急事，在二楼做的话时间更宽裕。我就常常在睡眠不足的时候到二楼补觉，碰到作业没做完或者第二天要考试的时候，也会到二楼去学习。每到这种时候，我都会很羡慕家里有三层楼的人。”

“二楼这么方便，一直生活在二楼不就好了？”

“那可不行。长时间生活在二楼的话老得快。我班上就有个同学，成绩非常好，据说他学习的时候就一个人躲在四楼，已经比我们老多了。”

我不禁轻叹了一声，说：“海边真是太神奇了。不过，高度高到最后不就是山之村吗？也许在你们看来，山之村的人一下子就老得不行了吧。”

从卡慕萝米的角度来看，我连一年都活不到，我的生命就像野草般短暂。这样的想法突然涌上心头，让我有点想哭。

“啊，对了。”卡慕萝米注意到我忧郁的表情，努力用明快的声音说，“我在望远镜里看到你了。”

我的心猛地一缩。

“什么时候的事？”我尽力保持冷静。

“来这里不久前，出发的前一天。”

日期是对的。那么，卡慕萝米看到我正在看她了吗？

“从这里看海之村，看上去没有高度差，但水平距离远。而从海之村看这里则相反，山之村看上去在头顶上非常高的地方。为了看山之村，我仰着头，颈子都疼了。不过只要调节望远镜，就可以从上面或侧面看山之村。但无论如何，望远镜都必须朝向正上方，所以我干脆躺在草地上看了。”

“山之村看上去是什么样子的？”

“从上面看的话，山之村和普通的村子差不多，只是非常小，不放大的话连建筑都看不清。从侧面看的话，所有东西都又细又长，像针一样。”

“人也是？”

“几乎看不见人。所有人的动作都是飞快的，一晃就过去了。只有睡觉的人才能模模糊糊地看见。”

“那你为什么说看见我了呢？你怎么知道看见的就是我呢？”

“因为树林里经常有个模糊的人影，那个人影常常会停留一分钟，接着又消失几分钟。这个人肯定是把每天去树林当成必修课。说实话，我不能确定，只是觉得可能是你。如果是你的话，那我们两个都在用望远镜观察对方，这样不是很浪漫吗？是你吧？”

我一直在为偷看的事内疚，可她竟然希望我们互相对视。这是因为男女想法不同，还是因为卡慕萝米特别纯真呢？

“你猜。”我的心一下子轻松起来。

和卡慕萝米一起的时间一晃就过去了。没有她父亲的打扰，那几天真是非常快乐。

卡慕萝米回去的那一天，她突然说了一句让我很吃惊的话。

“对了，”她的眼睛闪闪发亮，“你把号衣借给我吧。”

不参加拉山车仪式的人，确实没有必要穿号衣，我是为了给卡慕萝米看才穿着的。而按照山之村的习俗，女性向男性借号衣就是在表达爱意。

我呆呆地脱下号衣，交到她手里。

“我是想明天就把洗干净的号衣还你的，但是我要回海边了，所以明年再还你可以吗？也说不定要等到后年。”

我一句话都说不出来，只能拼命点头。

也许卡慕萝米不了解借号衣的含义，才会对我那么说的吧。但即使是自作多情，我也决定把那当作是卡慕萝米在向我示爱。

卡慕萝米回去后，等待的日子再一次开始了。

第二年，卡慕萝米没有出现。

我又等了一年，卡慕萝米仍然没有出现。

我无法再等下去了。

我一张便条都没有留，独自奔出了村子。我不想让任何人知道我要去海边。

如果有人要把我抓回去，比我晚一天出发并和我速度相同，那我们到达海滨村的时间也只相差十四分钟。而我是第一次下山，对道路不熟悉，如果有个熟悉道路的人来追我，说不定在半路就会追上。因此，如果我没有比追我的人早一周出发，到达海之村的可能性就很低。

山路没有我想象的那么陡峭。时间与空间最初没什么变化，但半天之后就明显了起来。大海在不断向我靠近，而山顶没有变远，却在急速地升高。两三个小时天就黑了，然后马上又亮了。我的心情越来越愉快，觉得照这个势头，要不了多久就能到二十倍村了。当然，我没打算在驿站逗留，只想一口气到山下去。追我的人可能已经出发了，没有时间磨蹭。

但我想得太美了。我以为可以在没人指路的情况下到达山底，结果大错特错。夏日祭典前后，山路上往来的人多，不太可能迷路。可在没有祭典的日子，路上行人稀少，我就不知道该走哪条路了。

从时间的流速来看，我迷路的地方重力比二十倍村低，但因为没有带钟表，我推断不出准确的位置。

我出来时从家里拿了点钱，但在森林里一点用也没有。我饥肠辘辘，只能吃野果充饥。这样在森林里不知过了多少天，我已经觉得自己不可能活着回到山上或到达海边了。我抱着这样的想法沉沉睡去，醒来时发现父亲站在我面前。

“我知道你喜欢她，但这边是山之村，那边是海之村，两个村子的人是不可能交往的。”父亲一边走，一边劝我。

“怎么不可能！有很多从海之村来的人不都在山之村结婚了吗？别再把我当小孩子了！”

“可你就是个孩子啊，她也是个孩子，孩子必须和亲人生活在一起。恋爱的事，等长大成人后考虑也不迟。再过几年，等你从学校毕了业，就是大人了。到那时候，谁也不会说三道四了。”

“可就算我长成了大人，那时候卡慕萝米还是个孩子。等到卡慕萝米长大成人，我恐怕已经老死了。”我抽泣起来。

“你还是个孩子，没办法……放弃吧。”

被抓回来之后，我没有去学校，闷闷不乐地过了几个月。直到有一天，我想出了一个办法。

我决定，一从学校毕业就搬到海之村去，在那里一直等到卡慕萝米长大成人。虽然我们的年龄还是会有一些差距，但不会是什么大问题。

“女人的心善变啊。”父亲听后担心地说，“要是她变了心，你就算再回到山上来，村里可就没人认识你了。”

“一年至少回来一次吧。”母亲伤心地说。

“回来这么频繁的话，我又老得比卡慕萝米快了。还是十年回来一次吧。要不然，你们和我一起住到海之村怎么样？那样随时都可以见面了。”

“年纪大了，不可能换个地方从头开始。我们还是留在这里吧。”

“要是我们老到动不了了怎么办？就算那时候可以

下山去，这孩子在海之村还是个新人，自己都还养不活呢！”母亲有点歇斯底里。

“别瞎嚷嚷，这小子离毕业还有好几年呢。而且孩子长大了离开家不是很正常吗？”

我并不关心父母的意见，他们说的那些事总会有办法的。

从那时起，我就一直等着毕业。每当想念卡慕萝米的时候，我就安慰自己：只要忍过这段时间，就可以和她在一起了。

望远镜也被我收了起来。现在看到卡慕萝米，只会让我更加难熬。

在离毕业还有一年的时候，海之村传来了她的消息。

不知道那是意外，还是卡慕萝米自己跳下去的。

她掉进了运河里，转眼间便被冲向大海。一个同学最先在入海口发现了她，她的身体漂在水面上，变得越来越扁，越来越大。她的父母知道后立刻就要跳下去救她，但是被全村的人拦了下来。

海面是万物的终结之处，通往海面的路是单向的，不管是什么，都不可能再回来。被发现的时候，卡慕萝米已经向着海面缓慢移动了。她的速度近乎停滞，显然已经离海面太近了。她的时间被极度拉伸，每一次呼吸都相当于海之村的一年、山之村的一个世纪。村里的人都认为，到了这个时候，去救她只是白白送死。

她的父母每天都会到海岸边，望着一边漂向海面一边不断被拉伸、压薄的女儿，悲痛地呼喊她的名字。

听知情人说，在掉进运河的前一天晚上，卡慕萝米和父母吵了一架。她的父母不知道从哪里听说了她和我在夏日祭典那几天约会的事，于是禁止她再参加夏日祭典。

“求你们了，让我去山上吧。再不去的话，他的年纪越来越大，说不定就要和别人结婚了。”她哭着恳求父母。

“你不能再上山了。再去的话，你的年纪越来越大，哪天比我们还老了可怎么办？”母亲断然回绝。

“对你来说只是几天前的事，可对那小子来说已经是两年前的事了，他早就把你忘了。”父亲说。

“不，他没有忘了我。我要去山上把号衣还给他。”

“卡慕萝米，你说过他用望远镜看过你吧？这种喜欢偷窥的男人可不是好东西。但先不管他人品如何，我只问你，他最近还在看你吗？如果他还想着你，是会继续看你的。”

“我不知道，我不知道他有没有看。”

“你不会不知道吧？你不是每天都用望远镜看山上吗？是你不想知道吧！如果那小子在看你的话，你至少能看见他模糊的影子。现在看不见了吧？他就是把你忘了！”父亲抓住卡慕萝米的肩膀摇晃着。

“够了！别管我！”她哭着冲出了家门。

我是不是应该一直用望远镜看她？如果真的那样做了，是不是就可以改变她的命运？我到今天也没想出这个问题的答案。

听到消息后我立刻去了海之村，见到了卡慕萝米的父母。我准备好了接受他们的诅咒与怒骂，然而他们并没有那么做。他们甚至没有直视我，只说了一句道歉的话：“号衣没法还给你了。”

一到海岸边，便可以看见海面上卡慕萝米巨大的身影。她的身影一直延伸到很远的地方，甚至无法凭肉眼看清全貌，就像某种雪白而美丽的东西铺在海面上。我最终没有为了救她而跳进海里，这并非因为我吝惜自己的生命。

只要我站在海岸上，她的时间就是凝固的。一旦我去追她，她的时间就会立刻溶解，使她落入海面之下。这就是我的恋爱故事，你随便听听就好。

（老人微笑着。）

不过我也经常想，如果那时候我跳进了海里，和卡慕萝米一同前往海面之下的世界，又会怎么样呢？

传说中，远古的时候，我们的祖先就是从海面下爬到这个世界的。也许那里有更加广阔的人类世界，我们两个可以在那里幸福地生活下去。

但是，这样的梦想在今天已经没有意义了。我已经这么老了，配不上那么可爱、年轻的卡慕萝米了。

现在，卡慕萝米仍在极其缓慢地移动着，并且变得更大、更薄，时间的流动也更慢。她活着的时间将是我们的百万倍甚至上亿倍，不过不知道那能否被称为“活着”。

有人说她已经死了，但这种说法没有任何证据。因为，不管对我们来说是多长的时间，即便是所谓的“永远”，对她来说也仅仅是一瞬间。人不会在一瞬间死去。

还有人说，在奇点处，所有的物理量都会发散，人类无论如何都不可能在那里生存。那里的重力负无穷大，密集的放射线携带着无限的能量。

这种说法也没有意义。奇点只是数学上的概念，人类现有的物理学不可能在什么情况下都成立。我认为在到达奇点之前，会有别的力量保护卡慕萝米。如果按照那些物理学家的说法，卡慕萝米身影的亮度是不会改变的，而她现在却在一点点变暗变淡，这就是证据。

我父母曾说可以一起住到海边去，但我还是选择住在山之村。因为我住在这里，卡慕萝米的生命就可以变得更长。当然，这对卡慕萝米来说没有区别，只是我的自我满足罢了。

不过，这么做还有个好处，就是可以看清卡慕萝米的全貌。传说中，海面下的世界里有名为“星座”的东西。我这样看着她，大概就像仰望星座一样吧。

啊，太阳升起来了。你也可以看到了。

(老人拿着望远镜出神地看了一会儿，说了一句话。)

我这一生都很幸福。

(幸福？)

你看，卡慕萝米永远都穿着我的号衣啊。

她成了永远。

但那是对他而言的吗?

得到永远的，是他吗?

还是她?

△

哪里都没有永远。

世上的一切都是一瞬间的梦。

哪里又都有永远。

一切都处在永恒的因果当中。

一切都是坐标系中的游戏。

一切又都没有确凿的基础。

刹那即永恒。

永恒即刹那。

△

○

这样的话，永远也有终点吗？

如果有终点，为什么叫永远？

○

你为什么只关心终点？

终点也是起点，

早晨是夜晚的终点，

春天是冬天的终点。

没有终点就没有起点。

永远开始的时候，必然是什么终结的时候。

○

△

这样的话，就没有真正的起点了。

那为什么会有世界？

我们为什么会存在？

△

我就给年轻又聪明的你说一个故事吧。

关于一切的终点和起点的故事。

△

门

阿底提生达刹。达刹又生阿底提。达刹为其女阿底提所生。阿底提又生诸神，皆吉祥永生。

——《梨俱吠陀》

1

我不太喜欢历史课。几千几万年前的事情，今天为什么还要重提呢？

“为了知道人类要做什么。”大姐总是这样回答，“人类在什么情况下会采取什么行动，知道这个很重要。”

我完全不同意。如果是在人口众多的星系，了解政治、战争带给民众的影响也许确实很重要。但是，在这个不足百人的狭小殖民地里也需要吗？

“只看眼前会得出错误的结论。现在是过去的累积，也是未来的种子。现在只不过是时间长河中的一点罢了，连通着过去和未来的无限可能。”

我完全不明白大姐在说什么，不过我没有再反驳。这并不是怕惹大姐不高兴，大姐过去从没训斥过我，恐怕今后也不会。我是怕被大姐轻视，不想被她当成必须翻来覆去解释才能明白的小孩。所以，我只能装作听懂了的样子，继续学习历史。

“人类的宇宙航行技术经历了三个阶段的飞跃。请阐述这三次飞跃的技术意义。”

我虽然心里七上八下，但还是装出自信的样子回答起来：“第一次飞跃开始于 21 世纪中叶，那时人类连太阳系内的天体都还没有探索完全……”

量子传输的原理早在 20 世纪就发现了。

量子力学的基本原理揭示了超光速的存在，于是一些科学家开始了超光速通信的研究。然而随着研究的深入，人们逐渐明白，超光速现象确实存在，但通过它传送有意义的信息是不可能的。

一切粒子在没有任何人观测时，都以波函数的形态分布在空间中，但只要有人进行观测，粒子在被观测到的瞬间就会坍缩到一点上。这不是理论的归纳，而是无条件成立的原理。

在没有任何人观测的情况下，两个粒子相互干涉时，它们波函数的一部分会共享。只要继续保持无人观测的状态，这两个粒子的关系就会持续下去。不论两者距离有多远，也不论经过多少时间，都不会有变化。但如果有人去观测其中一个粒子，在观测到的瞬间，另一个粒子的波函数也会同时坍缩。“同时”意味着“时间差完全为 0”。

可是，将光速作为宇宙共同尺度的相对论，并不承认超光速的存在。严格来说，相对论本身并没有否认超光速的存在，而是与因果律组合在一起时否认了超光速的存在。

因此，量子理论、相对论、因果律不能同时成立。也就是说，三种理论中至少有一种不成立。

不过，人们很快发现了可以让三种理论都成立的办法，即加上“能够控制的一切现象都满足因果律，而不能控制的现象因果律不一定成立”这一限制条件，便可以简单地摆脱矛盾。这个新的因果律与相对论组合起来，得出的结论是：所有可用于通信的现象，都不能以超光速传播；不可用于通信的现象，或许能以超光速传播。

就这样，虽然多数科学家承认了超光速的存在，但也得出了不能将之用于通信的结论。

当然，梦想实现超光速通信的科学家们并不会因此一蹶不振。就算不能实现超光速，两个粒子的相互干涉还是有很大用处的，这就是量子传输。

为了完全复制某个物体，需要观测构成本体的所有粒子后才能将之再现。也就是说，需要使用电磁波或粒子射线逐一扫描本体的所有粒子。但这其中有个很大的问题——在观测到粒子的瞬间，波函数就会坍缩。如果不知道原本的波函数形态，就无法再现本体的量子状态，也就无法完全复制。而且，量子状态被破坏的本体也会崩溃。

再现量子状态的划时代手段，就是量子传输。让两个粒子相互干涉，共享波函数之后，扫描其中一个粒子，虽然构成本体的波函数还是会坍缩，但它的量子状态会传递给另一个粒子。因此，只要将扫描得到的数据与另一个粒子中保存的量子状态相结合，便可以正确复原本体的波函数。

当然，本体的破坏是无法避免的。另外，扫描得到的信息无法超光速传递，因此也不是超光速。但是，运用这个原理，便可以进行物体的传输。

实用性的量子传输实验是在21世纪中叶成功的。

不保存量子状态的传输更早之前就实现了，可以传送停止的机器或者死亡的生物，但是活的动植物和工作中机械因为不能保持量子状态，所以都会被破坏。

量子传输的实用化改进使情况发生了变化。复杂的机械可以在保持工作状态的同时被传送到远处，家畜也可以自由运送。至于运送人类，虽然在技术上是可行的，但因为系统稳定性和伦理方面的问题，在很长一段时间内是被禁止的。早期也有不少科学家把自己当作实验品，由此发生过一些不幸的事故。

不过，量子传输的事故率不久就降到了比普通交通方式还低的程度，系统稳定性的问题得到了解决。但伦理问题在后来的几十年间依然争执不休。

到底能否将复制出来的人与本体视为同一个人？更基本的是，复制出来的人真的是人类吗？难道不是在机器中组装起来的人造人吗？而且，被复制的人难道不是因为高强度的扫描而死亡了吗？这样的话，每次用量子传输运送人类时，实际上就是一边杀人，一边制造出一个一模一样的人造人。

此外，还有传输错误的问题。因为扫描数据和量子状态都是用普通的通信手段传输的，不可能百分之百地避免错误。哪怕是一兆分之一的概率，只要有与原来的量子状态不同的东西混入，那还能称之为完全复制吗？岂不是每传输一次就会破坏一点吗？

坚持将量子传输运用于人类的科学家们，对这些疑问一一进行了认真解答，不断努力说服大众。

基本粒子也好，原子也好，其本身并没有个性，同一种类的粒子都是完全相同的。粒子的个性，实际上就是它们各自的量子状态。也就是说，物质的本质不是粒子，而是量子状态。如果拥有同样的量子状态，就可以认为是同样的物质。因此，如果量子状态保存了下来，即使构成本体的粒子全部散失，这个人也不会死亡。

同时，传输过程中会被破坏的信息极少。人类在日常生活中，体内的微小结构也会被天空或地面的辐射、大气中的氧气等化学物质不断破坏。如果昨天的你和今天的你可以被视为同一个人，那么传送前后的人也可以被视为同一个。

于是，在22世纪初，人类的量子传输终于合法了。

这时，太阳系的各个天体上都建成了常驻基地，人类通过量子传输网络将它们和地球连接在一起。不过直到用于人类的量子传输解禁为止，人类要飞去这些地方，依然免不了几个月乃至几年的宇宙飞行。可以进行量子传输旅行之后，即使是边境基地，也有大批人类到访，太阳系内的开拓由此飞速推进。这是第一次飞跃。

量子传输的发送和接收都需要巨大的装置。为了开通量子传输线路，首先需要向接受地运送装置，所以量子传输并不适合太空探索。理论上说，到达距离太阳系最近的恒星比邻星，用量子传输只需要四年零三个月，但必须先在比邻星上建成量子传输接收基地。

这很尴尬。如果用宇宙飞船运送装置，就算使用核聚变引擎，也要几百年后才能抵达。更实际的方法是将超微型机器人用微波加速到亚光速，冲进比邻星系，在目的地附近搜集资源来建设基地。但要在四年的时间里将微波牢牢聚焦在目的地上，也是件十分困难的事。而且，在对目的地环境一无所知的情况下，也不知道该怎么编写程序让机器人探索和加工资源。

23世纪初，量子传输实现了划时代的改进，那就是不需要接收装置的量子传输。

早期的传输只传送复制必需的信息和量子状态，而构成物体的粒子要靠接收方准备。而新型传送机将构成物体的粒子本身等离子化后加速，以亚光速电子束的形式向目的地发射，再用这个电子束本身作为传输线路，将扫描信息和量子状态传送过去。由于电子束的分散性，扫描信息和量子状态可以在任意距离聚焦。只要焦点上的能量密度超过临界值，构成便开始了。

这个技术开发成功的时候，太阳系内的量子传输网络已经建成了，所以并没有引起很多关注。不过，科学家们借助它踏出了迈向太阳系外的坚实步伐。

当时，量子传输的射程约为100天文单位[1]，一次传送勉强可以离开太阳系，但无法到达恒星之间的空间。因此需要先将人和物资传送到尽可能远的地方，在那里建造新的传送装置，然后再向更远的地方传送。这个过程重复几百次之后，人类终于抵达了比邻星。这是历时一个世纪的大事业，人类终于筑成了通向广阔宇宙的坚实基础。这是

1 天文单位是天文学中计量天体之间距离的一种单位。其数值取地球和太阳之间的平均距离。1 天文单位约等于 1.496 亿千米。

第二次飞跃。

量子传输技术下一阶段的目标，是传送装置可以传送自己。现在的量子传输需要靠传送装置构成传输线路，如果不建造新的传送装置，就既不能前进也不能返回。但是，不管是用当地的资源建设，还是用传送来的资源建设，都需要很多时间和劳力。仅仅为了一次探索飞行，就需要从太阳系一路把基地建过去，并不现实。如果传送装置能够传送自己，那么沿途的基地就都不需要了。只要反复进行短距离的传送，一个传送装置就能实现宇宙航行。

为了实现这个目标，技术上存在两大障碍。

一是传送功能的限制。传送装置结构复杂，重要部分总是无法传送成功。

二是动量守恒定律。要将构成粒子加速到亚光速，需要有相应的动量，而到达目的地时，又需要舍弃这些动量。动量是质量和速度的乘积，同样大小的动量，有可能质量大、速度小，也有可能质量小、速度大。但不管是哪种情况，都不适合宇宙飞行。如果舍弃动量时牺牲质量，每次传送后宇宙飞船就会失去一部分；如果舍弃动量时牺牲速度，每次传送后就会失去极多的能量。

23 世纪末到 24 世纪初，人类首先解决了传送功能的限制。传送装置被分解成简单的部件，它们各自的量子状态相对容易保持。也就是说，虽然每次传送时每个部件的量子状态会发生少量变化，但组合起来还是能正常运作。

然后，在24世纪中叶，动量问题的解决办法终于也找到了，因为发现了负质量。所谓负质量，是波函数振幅的平方为负值的状态，这时动量始终为负值。这样的粒子不能单独存在，只能与普通粒子的波函数叠加。通过制造负质量，可以产生完全不具有动量的亚光速电子束。

就这样，能够传送自己的传送装置完成了，瞬间便在所有宇宙飞船上装载了。跨星系的飞行变得非常轻松。通过连续的量子传输，宇宙飞船得以进入人类未曾抵达的领域。这是第三次技术飞跃。

量子传输中的乘客感觉不到时间流逝，所以等于实现了超光速飞行。他们实际上化作电子束，一下子出现在宇宙中的某一点，然后消失，又出现在下一点，不断重复。这样的飞行既观测不到光行差，也观测不到多普勒效应。

自主传输的唯一缺点，就是无法避免时间的流逝。虽说对乘客而言往返比邻星只需要几天——最新技术是几小时——但地球上已经过去了九年。对正常的社会生活来说，九年的空白难以忽视。因此，即使技术成熟，恒星间的飞行依然只在政府与大企业主导的调查，以及移民团的单程旅行时才会使用。

出去的移民虽然很少，但各行星系的人口还是迎来了爆发式增长。经营殖民地需要一定程度的人口，通过人工手段，只要一个世纪，行星系的人口便可以达到 1 000 亿。

人类的居住圈瞬间扩大了。目前得到确认的殖民行星系有 146 532 个，未经确认的据推测是这个数字的两倍以上。殖民行星系的数量之所以无法正确掌握，是因为通信速度过于迟缓。使用电磁波通信只能达到光速，如果将移民团送往一千光年以外的行星系，他们平安无事定居下来，历经千年建立起发达的文明，而地球方面此时最多只能收到他们平安抵达的消息。

人类文明的相互交流变得困难，彼此孤立。

“以上就是人类在宇宙旅行上的三次飞跃。”我总算回答了出来，虽然脸上保持着平静，喉咙却在发干。

“谢谢，回答得很好。”大姐微笑着说，“有些人乐于见到人类散布在银河系的各个角落、彼此交流甚少的状态，因为这样能够降低人类文明灭绝的风险。同时，也有人担心人类因此失去作为一个物种的统一性。他们认为，各殖民地开始独立行动之后，便很难再统一起来，最终可能引起星际纷争。在若干行星系，具有这样想法的势力掌握政权后，便要强行统一附近的行星系，反而引起了星际纷争。就我们所知，最强大的势力是以人类发祥地——太阳系为中心的太阳系政府。据推测，他们控制的行星系约为 100 到 200 个。规模第二大的是以天津四为中心的天鹅座联盟，拥有 20 到 50 个行星系。目前这两大势力尚无接触，所以还不至于发生直接冲突。”大姐在这里停顿了一下，“那么，就在人类的居住空间陷入这种不稳定的胶着时，某个东西的发现一举打破了这种状态。那是什么？”

大家全都举起手。

大姐点了坐在我附近的女学生的名。

“是‘门’。很久以前，许多文明就知道门的存在，而太阳系政府直到一千年前才终于得知，派遣远征部队则是去年的事。”

是的，那是去年的事，那也是我第一次见到星船。那时，我痴迷于它的巨大和美丽，但未曾想到会是那样的结局。

2

"他们来了。"那一天，大姐把殖民地的所有人集中起来，宣布道，"不要违抗他们。他们并不邪恶，只是在害怕。"

大姐的话总是像谜语一样，有时候谁都听不明白，但没有人敢问，因为大家都非常尊敬大姐，基本上都会原封不动地接受她说的话。毕竟大姐的年龄非常大，比这个殖民地的任何人都大，她对所有事情有更深入的思考也不足为奇。

大姐的话音刚落，警报便响了起来。

负责人慌忙打开墙上的屏幕。殖民地的观测器拍下了异常状况发生前后的影像。

星海中突然凭空出现了奇妙的形状，非常耀眼，紧接着，一艘宇宙飞船显现出来。那是我从未见过的飞船，外形非常复杂，到处都是密密麻麻的突起。

"那些小小的突起是什么？"我忍不住问大姐。

"那是各种传感器、通信天线，还有武器。"

"传感器和天线这么小？为什么宇宙飞船要装载武

器呢？”

“那些突起并不小，比我们的宇宙飞船还要大很多，看上去小是因为那艘宇宙飞船本体太大了。而之所以带着武器，因为它是太阳系派来的宇宙战舰。”

宇宙战舰！

虽然在历史课上听过，但当它真正出现在自己眼前的时候，场面还是太过震撼了。如果大姐说的是真的，单单这样一艘便足以毁灭一个行星系。

“大姐！”通信负责人看着手边的监视器叫起来，“宇宙战舰在搜索我们的通信线路。怎么办？”

“打开线路。”大姐沉着地说，“听听大小姐要说什么。”

屏幕上出现了一个年轻女人，那完美的容颜仿佛传说中的女神，我看得倒吸了一口气。

“我是太阳系政府第 522 号舰队所属宇宙战舰‘小林丸号’的舰长，这个宇宙基地已由军队接管。我命令你们立即解除武装，准备接收舰队成员。”女神说的话完全不像女神。

大家一齐惊愕地望向屏幕。

“怎么了？为什么不回答？如果再不回答，将被视为违抗太阳系政府。”

“把我的图像和声音传送过去。”大姐冷静地说。

“正在传送。”通信负责人冷汗直流。

“您好，舰长。”大姐威严地说。

舰长没有问候大姐。“你是这个宇宙基地的司令官吗？”

“不是，舰长。”

“那么找司令官出来。”

“这个共同体没有司令官。”

“不管什么样的组织，应该都有对外的代表。如果没有，组织就不可能统一。你们没有统一吗？那就把各个派别的代表集中起来。”

“在内部没有尖锐矛盾这一意义上，这个殖民地是统一的。如果您认为有必要找一个代表，那就由我来担任吧。我是这个殖民地的长老，算是一种名誉职位。”

“那就任命你为这个宇宙基地的司令官。以后，我对宇宙基地下达的命令全部通过你来传达。”

“可是，舰长……”

“没有可是。给你一个小时将刚才的命令传达给基地内的所有人。”

通信单方面被切断了。

“太不讲理了！”食品负责人不满地说。

“除了按照他们的要求去做，现在没有别的办法。”大姐沉着地说，“不然，有什么办法能击败那艘宇宙战舰吗？”

“把基地内的燃料装在小型飞艇上，远程遥控撞击飞船怎么样？像导弹一样。”

“小型飞艇代替不了导弹。它是以人类搭乘为目的设计的，加速度有限，很容易被拦截。就算万幸抵达了战舰，如果没有破坏外壳的手段，爆炸能量只会在广阔的宇宙空间里白白消散。”

“那要是解除探测激光的输出限制，以全功率射击呢？”

“没用。战舰装载了等离子盾，能将波长大于等于X射线的各种电磁波完全反射，而我们这里没有能够发射伽马射线激光的设备。”

“就这么乖乖投降吗？”

“我没有这么说，我说的是没有必要故意反抗。提供他们想要的东西，如果这样能够满足他们，就不会有别的麻烦。”

大姐十分耐心地陆续说服了殖民地中的好战派。最终，所有人以不危害殖民地居民为条件，同意了宇宙战舰的要求。

像是计算好的一样，宇宙战舰又发来了信息：“司令官，命令传达下去了？”

“是的，得到了全体人员的同意。”

“不需要你们同意，你的任务就是将命令正确传达并执行。”舰长说道，美丽的眉毛纹丝不动，“我们五分钟后将传送装置发送到距离宇宙基地一百米处，运行对接程序。首先报告你们的对接方式。”

“E-9-3 式。但是，没有必要专门发送传送装置过来，殖民地内有量子传输接收设备，也有可以进行无装置接收的传送区域……”

“我们不会冒险与宇宙基地直接进行量子传输，这有可能是叛乱分子的陷阱。开始对接准备。”通信再一次被切断。

大家纷纷表示不满。

“叛乱分子是什么意思！”

“那口气就像我们听她指挥是理所当然的一样。”

但是，大姐还是用一贯的语气号召大家：“请开始准备对接，只剩下三分钟了。”

伴随着沉闷的声音，舱门停止旋转，慢慢打开了。

门后突然出现了一把枪，大家一阵紧张。那是未曾见过的样式，无法想象具有什么功能。当然也可能是虚张声势，不过我可不打算拿自己去试验。

拿枪的是一个高个子青年，穿着奇怪的制服，斜戴着帽子，年纪看上去和我差不多。不过，我不确定是否能说一个来自上千光年之外的人和自己年龄相仿。接着，出现了和第一个青年的打扮完全相同的青年。两人警惕地用枪口把周围通通瞄了一遍。

舱门里又出来了一个人。

是小个子美女，或者应该称她为美少女。她的军装稍微有点大，衬得她楚楚可怜，蔷薇色的嘴唇露出天使般的微笑。“辛苦你们出来迎接。不用介意前面两位，他们是我的警卫。请先带我参观这个基地吧。”

这个女孩是舰长！她确实长得和刚才屏幕上见到的一样，但画面上看不出身高，还以为她是个高个子女人。

“欢迎来到我们的殖民地。我们不管这里叫基地，因为我们没有打算把这里作为根据地采取什么行动。”

“真的？我不相信。如果你的话是真的，那为什么偏偏在距离门不足 40 天文单位的地方建设基地？”

“没有理由，偶然定居在这里而已。”

“说谎。”

“是说谎。”大姐轻松地说。她的言辞举止有时候会超出我们的理解范围。

“说谎？！”

“如果让您不开心的话，就当我是在开玩笑吧，因为没有人会无缘无故在这样危险的地方定居。”

“什么危险？我们也认为门很危险……”

“像你们这样为了门而来的人危险。”大姐打断了舰长的话，“那么，你们在怕什么？”

“我们没有怕，只是感觉到危险而已。”舰长的脸色变了，“从门的另一侧过来的东西不知道会有多危险。”

大姐摇摇头：“你太年轻了。你真的相信，门那边来的东西要比跨越上千光年的宇宙空间来的人更可怕吗？”

“不管相不相信，比起已知的东西，未知的东西更加危险，这是博弈论推导出来的真理。”

“这不一样。要不是你记错了，就是你的老师教错了。应该是‘为了使损失的上限最小化，不应该采取未知的——也就是不知效果的战略’。从门另一侧来的东西也许会给我们带来莫大的利益，也可能会造成莫大的损失。知道身份的敌人风险确实更小，但是如果一直采取这种极端的处理方式，我们就不可能进入星空。不仅如此，我们可能到今天还没有发现火，还在穿兽皮吧。”

殖民地的居民们不禁轻声笑了起来。

舰长的脸红了。“我不是你的学生，没必要什么都纠正我！”

“不好意思。”大姐夸张地低头道歉，“既然你们把门视作危险，那打算怎么做呢？封锁它吗？”

“要封锁门，需要一支舰队。但如果是破坏它，一艘就够了。”舰长微微一笑。

大家交头接耳起来。

大姐微笑着说：“那可真是勇敢。不过您知道门具有多大的能量吗？如果那些能量释放出来，附近的我们不可能安然无恙。为了避免危险，反而陷入更大的危险之中，不是明智之举吧。”

“这点不用担心。我们的科学家已经发现，只要知道门及周围空间的质量、重力场、电荷、电场的分布，便可以使它完全爆缩，变成黑洞。”

“用什么办法呢？氢弹？”

“要破坏门，需要行星大小的炸弹，我们不做那么没效率的事。我们使用微型黑洞。只要将两个微型黑洞投入合适的位置，门就会崩溃。”

“那么，计算得出这个结果的科学家在哪里？派你们来的长官又在哪里？”

“恐怕已经不在了吧。”

“他们留在太阳系了啊。那请好好想想，为什么他们把这个重要的任务交给年纪轻轻、刚刚从士官学校毕业的你呢？而且最新型的战舰上为什么只有五个人？”

舰长的表情很狼狈。“你怎么知道的？！这可是最高机密！”

殖民地的居民们面面相觑。

什么嘛，如果只有五个人，还都是这样的小姑娘和小青年，总能打败他们吧？

仿佛察觉了大家内心的想法，大姐回头对大家说：“虽然只有五个人，但也不能小看他们。宇宙战舰装载了自动作战装置。”然后她又对舰长说：“至于我为什么会知道，请您慢慢想吧。那么，我来领各位参观殖民地，不过其实十分钟就能逛完了。”

食堂、图书馆、娱乐室、观测室、教室……大姐领他们逐一参观殖民地内的设施，没有任何隐瞒。途中也会遇到不安的居民，但是大姐似乎毫不介意。舰长始终沉默无语，看不出是否想出了答案，似乎还没有从被大姐说中机密的事中回过神来。

和大姐说的一样，一行人十分钟就在殖民地转完了一圈，回到了原来的地方。

“那么，从现在起，您就把这里当自己家吧。不管是在娱乐室散心也好，在食堂吃饭也好，在图书馆查资料也好，都请自便。您也可以和居民交谈，但请不要随意进入个人住所。接下来我要去给低年级的孩子们上课，先告辞了。”大姐就这样沿着走廊走了。

居民们茫然了一阵子，不过大姐的行事风格一向古怪，大家很快便一副听天由命的表情，三三两两地散了。

我正要回去的时候，被舰长叫住了。

“你，等等。”

我的心差点从嗓子里跳出来。我干了什么不好的事吗？我还没有学过如何应对发怒的外星军人。

“啊，找我有什么事？”

“你刚才一直在盯着我看吧？”

糟糕，被发现了。怎么办？要承认我看她看得入了迷吗？

“对、对不起。我看你是因为……”

“是有话要对我说吧？”

"啊？是……"

"什么话？"

"这个……"我实在不知道该说什么了。

"在这里不方便说？"舰长的眉间出现了可爱的皱纹。

"嗯，是的。"

"明白了。你先去娱乐室，我随后到，装作是偶然遇到的。"舰长在我耳边低语，气息让我痒痒的。

我恍若梦中，迷迷糊糊地来到娱乐室，在靠墙的位子坐下。等了五分钟，舰长果然来了。

"我能坐在这儿吗？"

"嗯，请坐。刚才其实……"

舰长伸手打断我的话，从肩上的小包里取出个小粉盒一样的东西，摆弄了一会儿说："好了，这样就不会被窃听了。"

"窃听？"

"就是偷听。"

"意思我知道，谁会偷听我们说话？"

"这个基地的政府啊。"

"政府？"

谈话的走向有点奇怪，可以确定她不是对我感兴趣。

“政府就是控制这里的势力。”

“这个我也知道，可是这个殖民地没有政府。这里的居民不足百人，没有阶级分化的可能。”

“是吗？至少那个老太太有些特权吧？”

“你是说大姐？她比较特殊。”

“那就对了，你也承认特权阶级的存在。”

“没有什么特权啊，只是殖民地的居民都很尊敬大姐。”

“问题就是这个。”舰长睁大了眼睛，“没有理由就崇拜某个人，这是被洗脑的证据。而且，‘大姐’这个称呼也有点宗教意味。”

“也不是没有理由。大姐不来的话，这个殖民地早就毁灭了。是她教给了我们维持殖民地内部能量循环的技术……”

“等等！那个老太太不是这里的人？”舰长突然提高了声音。

“嗯，据说是坐一艘形状奇怪的飞船飘来的，好像是遭遇了什么事故。”

“船籍呢？不对，所有宇宙飞船的船籍都是太阳系。我想说的是飞船的制造地。”

“听说是射手座联盟。”

“射手座联盟？等等，我查一下……”舰长又摆弄起粉盒。不知是粉盒自带数据库，还是可以通过它访问“小林丸号”的计算机。“射手座联盟的存在在星际通信中是公开的，但至今为止从未和太阳系政府有过接触。你们呢？”

“今天第一次和太阳系政府接触。”

“不是问这个，你们和射手座联盟接触过吗？”

“不太清楚，大概没有吧。”

“也就是说，她是身份不明的漂流者，还具备有关未知科学技术的知识。不奇怪吗？”

“那些科技只是比这里的先进，也不能说是未知的……”

“她可能是从门的另一边穿过来的。”

“门？你是说……”

“从未来。”

“怎么可能！”

“是谁制定了这个基地的轨道？”

“大姐。”

“她解释过在门附近巡回的理由吗？”

“为了监视。她告诉我们，门对人类有着无法衡量的价值，但非常难控制，所以需要充分观测。”

“不是难控制，而是人类无法控制。如果不立刻破坏，会发展成无法控制的事态。老太太监视的不是门，而是我们这样要靠近门的人。”

“为什么要监视你们？”

“为了不让门被破坏，或者防止别人比自己更早利用门。她从未来来到这里就是为了监视，这样就合理了。你看着吧，她一定会妨碍我的任务。”

“你说这些有证据吗？”我呆呆地问。

“有啊，这个基地就是证据。这个基地有几艘宇宙飞船？”

“只有一艘。现在被拆了，不能飞。”

“什么时候拆的？”

“不太清楚，在我出生以前。”

“也就是说，谁也不能从基地出去了。”

“确实是这样，但是也没必要出去……”

“通信设备除了会议室里有，个人也有吗？”

我摇摇头：“有内部线路，但只有会议室的可以和外部通信。毕竟这里没什么需要和外部通信的事……”

“你们被孤立了。”

“殖民地本来就是孤立的。”

“你们技术的落后程度也让我感到奇怪，这里的生活水平差不多只相当于21世纪的地球。”

“正常生活没必要使用更先进的技术。”

“老太太这么说的？”

我点头。

“那么下次你问问看，为什么你们要保持这么低的技术水平被孤立着。”

“你知道答案吗？”

“为了好好利用你们。为了监视，需要一个靠近门的基地。但是，基地的居民如果任意行动会很麻烦。所以她让你们孤立起来，只传授必要的技术，防止情报泄露。”

“明白了。下次上课的时候，我委婉地问问看。”

舰长满意地点点头。

“之所以没有教给你们移动、通信还有其他一些技术，是因为没必要。这样的解释你满意吗？”大姐反问我。

“以前满意，但是最近开始有了疑问。”

“让你这样想的，是你的新女朋友吧。”大姐温柔地微笑着。

“启发我的是她，我自己现在也的确有疑问。为什么我们是孤立的？为什么我们的科技发展是停滞的？又为什么不能靠近门？”

“我已经教过有关闭合时间线（CTL）的古典物理了。”大姐继续说，“我不是回避问题，因为那和你的问题有着深刻的关联。”

“嗯，学过。在包含 CTL 的体系中处理古典粒子的时候，如果外部条件符合要求，只要解运动方程，便可以得到粒子的轨迹。这个轨迹在四维时空中可以视为是静态的。”

“时间悖论如何解释？”

“在古典 CTL 物理中，原则上不存在时间悖论，因为一个时空点上只能有一个状态。虽然看上去像是一种未知的力消除了悖论，但并没有必要假定这种力的存在，因为未来已经确定，我们无法改变。”

“很好，你理解得很透彻。”

“但是，现实世界不能用古典力学来解释。”

“是的，要理解门只能运用量子 CTL 理论。这我还没有教吧？”

“是的。”

“不用想得很难，只是用波函数对存在 CTL 的时空求解而已。即使是四维时空，也可以使用静态波函数。”

“数学上也许的确如此，但是由观测造成的波函数坍缩该如何处理？在不包含 CTL 的时空中，波函数只在观测到的瞬间坍缩。而在包含 CTL 的时空中，整个领域的波函数都在坍缩。这样的话，量子力学就失去了适用性，本身就不成立了。”

“为了让量子 CTL 物理成立，需要引入一些人类还不知道的原理，比如可以给波函数赋予在观测后逐渐恢复本来形态的属性。但问题是，这样的话，每次观测都会产生一个新的世界。这种情况虽然不是毁灭性的，但对于试图预测未来的人而言很不方便。”

“所以太阳系政府才想要破坏门吧？”

“他们害怕有压倒性的势力突然从未来世界来到这里统治他们。而且，他们也不相信自己能够克服时间悖论来使用门。剩下的就只有破坏门了。”

“那我们……不，您是怎么想的呢？”

“门是人类发现的第一个 CTL，但是不能认为是唯一一个。不可能将宇宙中的所有 CTL 都破坏，不论人类喜欢与否，都必须学会和 CTL 打交道。现在破坏了门，虽然可以将问题往后推，但得到解决问题的答案也会更迟。门在不断接近一个非常特殊的阶段，散发出的波函数会引起混乱。如果一个时空中存在无数具有自由意志的人来来往往，基本上就不可能预测某个事件的发生了。我们……我为了排除不确定性，需要在那个事件发生的前后百年间维持一个发展停滞的小社会。”

“大姐，我认为您这样的行为非常自私。”

“也许确实如此，但是没有选择的余地。”大姐的表情略显悲伤。

我对大姐的不信任一点点变大。与此同时，在食堂的角落、娱乐室里，我和舰长在一起的时间逐渐增多。

舰长已经得到了门周边的物质和力场的分布数据。她说，只要发现合适的微型黑洞，就从殖民地出发。

“如果微型黑洞能用量子传输，就不用这么辛苦，直接从太阳系送来就好了。不过，像门这么大质量的天体附近，微型黑洞并不罕见，所以也不算太麻烦。”

“之后怎么办呢？”我大胆地问。

“之后？什么之后？”

“破坏门之后啊。”

“当然是回去啊，要向太阳系报告任务完成了。”

“可是你所知道的太阳系已经不存在了。”

“你想说什么？”

“留在这里怎么样？”

舰长沉默了。

“对不起，惹你不高兴了。”

“不是。只是我没想过这个问题。”

我努力不露出失望的表情，说：“你们只有五个人。这点程度的人口增长，殖民地的生命保障系统很容易接纳，而且‘小林丸号’的设备也可以用。”

“可那个老太太要控制我。”

“计划顺利执行的话，大姐也会变的。因为她就没有东西要守护了。而且，你的能力也不输大姐。”

“你真这么想？”

“真的。你现在不就全权接管了这里吗？”

舰长用力摇了摇头。“这只是表面。我知道这里的居民是怎么看我的。大家全都只是在听从老太太的嘱咐，根本没有听我指挥的意思。”

“但是，大姐并没有反抗你。”

“那是因为我背后有强大的武力，这不是在对等的情况下取得的胜利。现在我已经竭尽全力了，再持续和她对峙的话，输的一定是我。她身上存在某种未知的东西。”

“嗯，我也这么觉得。”

“她有我绝对没有的东西。你知道是什么吗？”

“年龄？”

“差不多，也就是知识——信息。随着年龄的增长，知识自然会增加，但她的知识和这种知识不同。”

“未来的知识？”

“恐怕是的。但是怎么也抓不住她的把柄，太难对付了。”

“那你真的认为，逃离大姐回到太阳系之后，在那个与你生活的时代相差了2 000年的世界里，一切问题都会迎刃而解吗？”

“不知道，我……”

“你将回去的太阳系不是你所知的世界，和这里一样，它对你来说是个不同的世界，未必会欢迎你。在这里做不到的事，在哪里都做不到，宇宙的每个角落都有‘大姐’。”

“那我可以做什么？这里的人都是老太太的同伴。”

我握住舰长的手。“至少我站在你这边。”

她没有甩开我的手。

三天后，舰长双眼通红，出现在我的房间门口。

她来找我，这还是第一次。

“啊，太突然了，要进来吗？”我慌慌张张地说。

“完全被她给耍了！”舰长紧紧握着拳头，好像不是来向我告白的。

“大姐做了什么？”

“她怀柔了我的部下。他们四个都拒绝出发。”

“大姐，请你解释！”一进大姐的房间，我劈头就问，“为什么把舰长的船员抢走了？”

“首先请冷静一点。”大姐喝了一口咖啡，“我没有抢任何东西。船员具有独立人格，不是谁的东西，既不是她的，也不是我的。你也来杯咖啡吗？”

“不，不用。”我愤然道，“你对他们说了什么？”

“什么也没说，仅仅提了两个问题：第一，一个以亚光速旋转的重达5京吨[1]的圆环，被破坏的时候会释放出多少能量？第二，是否知道‘小林丸号’上只有两艘单人救生艇？”

1　1京吨等于10^{16}吨。

“你假装在提问，其实是在诱导他们。”

“这样有什么不对吗？我觉得他们的回答很正确。”

“就算切断旋转的圆环，只要有足够的向心力，能量也未必会释放。”

“向心力也许足够，也许不足。”

“就算不足，受冲击的应该也只是旋转面内侧。”

“圆环周围布满了物质和力场，它们会将能量转换成怎样的形式，你能预测吗？”

“你又怎么能这么确定？”

“因为我知道那是事实。”

“那么，我就告诉你两件你想不到的事。第一，‘小林丸号’只要两个人就可以开，所以才只有两艘救生艇。配备五个船员是为了保证后备人员。”

“这个我知道，船员也知道。问题在于舰长明明知道这一点，却要求四个人全部上船。”

我有点畏惧大姐的话，但还是继续说了下去：“那是她对任务成功很有自信吧。”

“毫无根据的自信……那么，我想不到的第二件事是什么？”

“我将作为候补船员一起出发。”

“年轻真好，恋爱也是。”大姐出神地说。

“我是认真的。”

“我知道你是认真的。”大姐又喝了一口咖啡，将杯子放在桌上。

“我的决心不会动摇。”

“我知道。”

“你允许吗？”

“我不允许的话，你会留下来？”

“就算不允许我也会去。”

“那我是否允许没有意义啊。”

“不，我想要大姐的允许。”

“我刚才说过，‘小林丸号’的船员们具有独立的人格，不是谁的所有物。这个殖民地的居民也是一样。”

“那可以允许我出发吗？”

“这毫无意义。但如果这能让你安心的话，那我允许。”

“谢谢。”踏出房间的时候，我忽然想起来一点，回头问：“我的这个申请是你没想到的吧？”

“是不是呢？”大姐从桌子上拿起杯子。

合适的微型黑洞很快就找到了。捕获器在微型黑洞的周围张开磁场，将之引导到“小林丸号”内部。黑洞本身虽然不能触碰，但因为带有强电荷，可以进行电磁操控。两个微型黑洞被分别封闭在战舰内部的电箱里，接下来就等着用质量加速器射入门里了。

为了让两发黑洞弹在最合适的时间到达构成门的圆环，发射的地点有很大限制。因为带着黑洞不能进行量子传输，“小林丸号”到达最合适的发射地点需要好几个月。

这期间，我和舰长基本上就在狭小的房间里面对面地过日子，上厕所或者洗澡之类的私人时间非常少。原本应该由五个人合作进行的计划，不得不改为两个人执行，这使我们的睡眠时间被压缩到了极限。一天到晚都对着同一张脸本是一件让人窒息的事，但不可思议的是，我并没有那么痛苦。搞不好，我是适合宇宙旅行的性格。

至于舰长，随着日子一天天过去，她变得沉默寡言。我猜她是一心想着接下来要执行的任务吧。但在即将抵达目的地的时候，她却说道：

“我们真的赢了大姐吗？”

“赢了呀，我凭自己的意志登上了战舰。”

“就是这件事我想不明白。大姐把我的船员全抢走了，可是这么简单就放了你。”

“有什么问题吗？”

“这是不是也是计划的一部分？”

“计划？大姐的吗？”

“嗯。”

“我发誓，我不是大姐的间谍。”

“这个我知道，但是，总感觉哪里说不通。”

“你想太多了。”

“希望是我想多了。”舰长叹了一口气。

浓密的星际物质中浮现出巨大的圆环，圆环周围各种闪光交错飞舞，偶尔有一瞬间可以看见内部的奇异构造。

“那就是门啊。”

我点点头。“听说发现它的人因为太过震惊，连续睡了好多天。但这一定是夸张的说法，它看上去并没有那么可怕。”

“他是因为知道眼前的东西意味着什么才害怕。这个圆环半径1亿5 000万千米，以亚光速旋转，质量是太阳的2 600万倍。”

“太阳？哪个太阳？”

“第一太阳啊，距离人类发祥地——地球最近的太阳。”

“为了不和其他太阳混淆，我们管那个太阳叫作‘普阳’。”

“从前太阳就只有一个。”

圆环上缠绕着无数模糊的影子，让人毛骨悚然。如果舰长的推测是正确的，那些影子都是时间旅行者。

“如果我们破坏了门，那些影子会怎么样？”

“不知道。也许会消失在时空的另一端，也许会一开始就没有进行过时间旅行。人类无法理解时间悖论。”

“要是破坏门和发生时间悖论之间有联系的话，那我们要做的事情……”

“害怕了？”

“怎么会！”为了不让她发现我的迷茫，我刻意加强了语气。

圆环内部一片漆黑，那里是无限宽广的负领域。一直盯着它看，黑暗仿佛就有了形状，要扑过来似的。我不禁颤抖起来。

“没什么好怕的。”舰长像是看透了我的内心，“早在20世纪，人类就分析过克尔黑洞[1]了。对人类来说，裸奇

1　克尔黑洞：不随时间变化、绕轴转动的轴对称黑洞。

点并不是未知的现象。”

舰长的知识并不正确。门绝不是黑洞，因为它没有连光都无法逃脱的重力井，圆环旋转产生的离心力超过了重力。所以，门严格来说不是克尔黑洞，而应该被称为克尔物体。另外，奇点恐怕也并不存在。圆环的速度极快，连准确测定都不可能，只知道近乎光速。门的巨大质量基本上都是相对论效应产生的，它的静止质量有可能极小。

克尔物体附近存在 CTL，也就是说，只要环绕在它周围，便可以回溯时间。门的附近是各种时间流共存的领域，既有顺行的，也有逆行的。时间旅行者只要挑选需要的轨道，便可以去往喜欢的时代。但是，门附近的空间远比理论中的克尔物体复杂，应该用什么速度、从哪个位置进入轨道，人类目前一无所知。

“向你们的宇宙基地发送消息吧。”

“到了现在，还要发什么？”

“破坏门可能会对基地造成影响。”

“你说过破坏门是安全的！”

“是的，破坏门会导致危险的可能性极低，但也不是完全不可能。他们有知晓的权利，我也有传达的义务。”

舰长在狭小的飞船里扭动身子，调整好了视频通话的姿势。打开通信器的同时，舰长脸上的天真不见了，换上了严厉的军人模样。

“这里是太阳系政府第522号舰队所属宇宙战舰‘小林丸号’。五分钟后，我舰将向门发射微型黑洞弹。发射完成大约1 000秒后，门将崩溃成为一个黑洞。本次行动对宇宙基地产生影响的可能性极低，但依然存在可能，请不要疏于防备。此外，任务完成后，我舰将通过量子传输返回宇宙基地。完毕。”舰长关掉了通信器。

“你打算回到殖民地啊？”我不禁想要抱住舰长。

“可不是为了你。”舰长伸手推开我，“我的部下还在那里，必须说服他们一起回去。”

“那我会说服你留在殖民地的。”

“随便你。”

“殖民地呼叫‘小林丸号’。”通信器中传出大姐的声音。虽然发信器关了，但接收器一直开着。

“这里是‘小林丸号’。”我不假思索地打开发信器回答。

“没用的，信号从基地传到这里单程就要五小时。”舰长嘲笑我说。

“准确地说是四小时五十六分。”耳边传来大姐的声音。

我和舰长对望一眼，我默默检查起信号的发射源。大姐能够对这里的对话做出反应，说明她就在附近。但是，检查的结果表明信号确实是从殖民地来的。这样的话，就意味着大姐的这条消息是五小时之前发出的。

“她一定是用了什么诡计。别慌。”

“知道是什么诡计吗？”大姐深沉的声音在舰内回荡。

我身上慢慢起了鸡皮疙瘩，感觉到某种超出自己理解的事情正在发生。

舰长飞速检查了计算机。“我在想是不是计算机中被植入了病毒，可以自动用老太太的声音进行应答，并伪装成从外面传来的信号。但好像不是，现在没有任何来源不明的程序在运行，也没有用途不明的内存占用。”

“我不会使用那么容易被看穿的手段。”大姐说。

舰长闭上眼睛沉思了半晌，做了个深呼吸说：“你终于暴露了。你早就知道我们要说什么做什么，所以在五小时之前就做出回应向我们发送了。”

“对，你确实很聪明。”

“等等。”我糊涂了，“为什么大姐在五小时之前就知道我们的对话？”

“因为对她来说，这是已经发生了的事情，也就是说，她承认自己是来自未来的人。小心点，她会为了保证自己的存在，不择手段阻止我们破坏门。”

“我不会做那样的事。因为即便我什么都不做，你的计划也不会成功。而且严格来说，我也不是未来的人。”

突然，舰长笑出声来：“也对，我们什么都不用怕。”

“你为什么突然笑？”

“你想，她为什么能听到我们的对话？”

“因为她是未来的人？”

“这只不过是原因之一。在过去的人看来，你也是未来的人，但你并不知道过去发生的每一次的对话内容，这是为什么呢？”

“这个……因为并不是所有对话都被记录了下来。”

“对。那么我们的对话是怎么分毫不差地被记录下来的呢？”

“啊！发信器。”

舰长点点头：“你被大姐的话骗了，打开了开关，使我们的对话被发送到了宇宙空间中。理论上，我们的对话被半永久地保存了。”

“但是，为了听到内容，需要用比光还快的速度去追信号才行……哦对了，时间旅行和超光速飞行是一样的。”

“我以为她知道我们接下来的命运，因此她说计划不会成功时我还害怕了一下。不过显然那都是虚张声势。”

“我知道你的想法，别做没用的事了。”大姐告诫道。

“再见了。”舰长取出枪，打坏了发信器。带着焦臭的碎片在狭小的船舱里飞散开来。

“非常遗憾，和你的对话不得不中止了。”大姐语带悲伤。

“从现在开始，我们的行动就没有任何记录了。老太太，你还能听到吗？”

通信机没有回答。

“我的假设好像得到证实了。”

“你一直都带着枪吗？”

“我是军人啊。怎么了？你好像不太高兴。”

“刚才大姐说，我们的计划不会成功。”

“那是虚张声势。破坏了发信器，她就不知道我们在做什么了。”

“我们的对话可能确实传不过去了，但是，计划失败这件事不用听我们的对话也能知道，不是吗？既然大姐能够听到我们的对话，不就证明了门还是安然无恙吗？”

“的确如此。但那只不过是无数未来中的一个而已，老太太还原了那个自己观测到的过去，由此将这个现在与自己所来的未来联系起来。但是，切断通信之后，她就不知道我们的行动了，发展到她所知道的未来的可能性就变低了。”

“我怎么也想不通。”

“有时间抱怨的话，还不如把程序改了。”

“为什么？”

“因为我说过五分钟后发射微型黑洞。为了变成她所不知道的未来，我们需要改变发射时间。”

我和舰长花了一小时重新设定程序。

微型黑洞被引导至加速箱，装上了轨道。初始加速会通过金属轨道进行，后半部分则使用磁场和等离子构成的轨道。

“发射引导程序启动！”质量加速器启动的轰鸣使内脏都为之颤抖。

“还有十秒发射。”

尖锐的警报声响起。

“质量加速器异常？！”舰长叫起来。

“不对！是外面！”我弓着身子一边看仪表一边喊，

“引力波雷达捕捉到有什么东西从门向我们飞来。对方具有非常高的速度和极大的重量！而且对准了我们！”

“紧急回避！”

“计算机已开始自动回避，但是……”我倒吸了一口气，“两秒后撞击。”

舰长瞪大了眼睛。

永恒一般的一瞬间过去了。

伴随着震耳欲聋的爆炸声，整个战舰偏离了30厘米。就像是被传输了一样，不存在过程，固定在墙壁、地板上的东西全都移动了30厘米。严格来说，移动的只是具有足够强度的东西，脆弱的物体承受不了这样的加速度，一下子就碎了。没有固定在战舰上的东西，包括我们两个，都留在了原来的地方，在墙边的东西撞到了墙上。爆炸声是空气撞到墙壁时被急剧压缩而发出的。

“停止发射微型黑洞！”我顾不上全身麻痹，拼命叫喊。

“不行！发射程序继续！”

“为什么？战舰移动了这么多，就算发射也不可能命中的。”

“不要执着于破坏门。战舰大幅受损的时候，必须将危险物全部扔出去，不然有可能危害到船员的生命。”

我们又遭遇了一次冲击。这次是因为微型黑洞从“小林丸号”中发射了出去，战舰重力急剧变化造成的。

我尝试追踪弹道：“一个微型黑洞完全偏离了，另一个凑巧朝门飞了过去，但是破坏效果不理想。”

“战舰的受损情况？”

狭小的空间里浮现出“小林丸号”的立体图像。船壳的一半都没了，剩下的部分也都是裂痕。制动引擎似乎已经不能用了。

“不乐观。不过，从撞击物体具有的动能来看，只有这种程度的损伤可以说是奇迹了。”

“撞到哪儿了？”

“这里。”

图像上一个只有针孔大小的地方在闪烁。

“因为太重而且速度太快，能量基本没有释放，直接贯穿了。”

“是从门来的对吧？这样的话，我们承受的是来自未来的攻击。”舰长慌忙开始检查舰内的情况。

“还不能这么断定。”我反驳说，“如果这是来自未来的攻击，那么让它具有能够贯穿战舰的动能是没有意义的。如果再轻一点、慢一点，在舰内释放能量，就可以造成更大的损伤。所以这不是瞄准飞船的，而是瞄准天体的攻击方式。”

“他们故意使用了过度的攻击。为了确保消灭我们，就算是贯穿也要给这艘战舰造成致命伤。”

“致命伤？”

“舰内的计算机网络已经断裂，五个反应炉都在无控制状态下被放置了 100 毫秒，其中三个很快就要爆炸了。”

“还有多少时间？”

“45 秒，误差 20 秒。”

我说不出话来。

“没时间磨蹭了，快上救生艇！”

两人挤过堆在一起的设备，奔向救生艇。设备的突起部分勾破了衣服，划出血痕，但我们无暇理会。

十秒钟后，我和舰长来到了救生艇前。两艘单人救生艇面朝对方，相距数米之遥。

“两个人不能坐同一艘吗？”

“一旦遭遇危险，坐同一艘的两个人都活不成，一人一艘存活下来的可能性更大。两艘救生艇要向不同的方向飞。”

舰长将我按进救生艇的座位，自己坐到对面的救生艇里。

眼前的罩子关上了，将我们各自与周围隔绝。

“从不同方位脱离后，各自回基地。”通信器里传来舰长的声音。

“一定要回去啊！”

“嗯，还记得我们第一次约会的地方吧？”

“嗯，但那不是约会，是审问吧。”

“不管谁先到，都在那个位置等对方。后到的讲讲自己的冒险经历，先到的要请吃草莓酥。”

草莓酥是什么呀？我正想问，传送就开始了。

我乘坐的救生艇孤零零地飘浮在宇宙空间中，可以看到远方门的轮廓。门的前方突然闪起明亮的光点，随即暗淡了下去。

3

“又来这里了呀。”大姐在我对面的位置坐下，“怎么了？好像不开心啊。”

“没事。”我紧紧咬住嘴唇。

“怎么每天都坐在这里？是和谁约好了吗？”

“是的。”我低下头，双手捂住脸。

“你很伤心啊。”

“大姐，可以问你一个问题吗？”

“嗯，请问。”

“你知道会变成那样吗？”

“变成哪样？哦，你是说一年前的事故啊。嗯，我知道。在这一年里，你让我挑不出一点毛病呢。为了能够和我平等地对抗，你连不擅长的课程也十分努力。”大姐的语气很亲切。

“那是未来人的攻击吧。”我故意冷冷地说。

“你只要冷静地思考，应该就能想到它的真面目了。质量大但体积非常小的东西是什么？”

“微型黑洞。”

“是的，发射微型黑洞的就是你和舰长。”

“不可能，我们不可能朝自己发射黑洞。”

“不是你们故意的，而是偶然变成了那样。你发射的黑洞大大偏离了预定轨道吧？”

“嗯，即将发射的时候正好受到了撞击……”

“一个黑洞朝别的方向飞走了，而那个朝门飞去的黑洞，意外地回到了过去。”

“你在说什么？”

“于是黑洞返回了出发点，击中了‘小林丸号’。”

“等等。你难道是说，那个就是我们发射出去的黑洞吧？”

“正是。”

“可是，我们没有设定那样的路径。”

“嗯。但是因为即将发射时遭遇了撞击，黑洞偏离了路径。”

“这是在兜圈子。”

“是的，CTL 就是这样的。原因变成结果，结果变成原因。”

我努力整理思绪。“但是，这不是很奇怪吗？这样一来，不管追溯到什么时候，都找不到源头。”

“确实，不管追溯到什么时候都找不到源头，但这并不矛盾。”

“那么，你是说，‘小林丸号’的爆炸是我们的责任吗？”

“我没有这么说。不管追溯到什么时候，都找不到源头，所以谁也没有责任。”

“不，至少有一个人有责任。”我瞪着大姐，“你知道事情会变成这样，你在想方设法引发这样的情况。”

“那是左右门和人类前途的最重要的时刻。”大姐没有避开我的目光。

“可是，一个女孩为了守护自己的世界，牺牲了生命！”我无法抑制自己的愤怒，站起来转身要走。

“等等。”大姐的语气还是平静如常，“请再陪我一会儿。”

我愤然坐下。

“你为什么认定她死了？”大姐说，“也许她安全逃离了，只是没有回到这里。”

“不，她和我约好的，一定会回来这里。”

“她说会回来这里啊。”

“嗯，她说过会回来坐在这个位置上……这好像是我第一次对别人说。”

大姐沉默不语。

“为什么要阻止她的部下上船？”我问。

“救生艇只有两艘，为了让你坐。”

“你是说，我上船是早已决定了的？”

“嗯。”

“为什么？”

“为了给她送行。”

“舰长到底怎么样了？”

“为了避免受到同样的损伤，两艘救生艇被传送往完全相反的方向。你传送的方向是哪里？”

“我在门的前面看到了爆炸的闪光，所以是被传送到战舰的后方了。”

“那么，她呢？”

“传送到了门的方向……”

“知道舰长为什么没有回来了吗？她穿过了门。”

我的心怦怦直跳。“可是，还没有人类穿过门的例子。”

“她做到了。当然，她不是有意的。原本通往 CTL 的窗口就非常狭窄，不是亚光速的话，是不可能进入的。她在发现这一点的同时验证了它。她开启了应用 CTL 的道路，给人类带来了新的可能。这一事件成为人类宇宙航行技术第四次飞跃的契机。人类掌握了无数的时间线，可以选择自己最向往的世界。但讽刺的是，以牺牲包括你和舰长在内大约一百人的自由意志为代价，人类才得到了真正的自由。为了守护无限的多样性，必须固定住作为其根源的一个事件。”

“她怎么样了？”

“不用担心，她遵守了约定。”大姐站起来，“对你的思念成了她的心灵支柱。”

“等等！”我带着一丝希望，叫住大姐，“请告诉我她发生了什么，我有权知道。”

“是啊，说来话长，下次再讲冒险经历吧。”她恶作剧似的说，“当然是在这个约定的位置。对了，还要把草莓酥加到这里的菜单上才行。”

原因成了结果，结果成了原因。

原因成了结果，结果成了原因。

这是一个关于开始的故事。

然后，各个时间线上的历史和故事就诞生了。

它们虽然互相矛盾，但都是真实的，人类的自由意志得到了保证。

△

于是，历史课变得无比复杂。

人类的头脑根本无法理解交织的时间线。

△

不需要理解世界构造本身，

只要理解构造世界的原理。

不管多复杂，世界也始终遵循着单纯的法则。

掌握了原理，便可以运用它做出正确的选择。

你在学的就是这个方法。

为了不落入错误的时间线，

为了抵达正确的世界。

△

○

无论如何都要学吗？

没有别的办法吗？

○

如果以后有人问起一样的问题，请你不要生气，好好回答。

你要思考，然后践行。

你的使命是你自己的，

没人可以代替你完成。

○

△

分别的时刻迟早会到。

在无限的时间线中，两个人会相遇多少次？

△

两个人会在无数个世界中相遇无数次。

但是，一条线上所发生的事是有限的。

△

每次都是珍贵的一期一会啊。

那我和老师约定：

下一次相遇的时候……

我来请草莓酥。

△